AF607175

MAMBO

ſ

Alejandra Moffat

MAMBO

las afueras

Publicado por primera vez en Montacerdos, Chile, 2022

Av. Diagonal 534, 2º 2ª
08006 Barcelona
www.lasafueras.com

ISBN: 978-84-129459-4-2
Depósito legal: B 2846-2025

Dirección editorial: Magda Anglès y Francisco Llorca
Diseño de la colección: Hermanos Berenguer
Producción: Bet Nel·lo
Imagen cubierta: León & Cociña
Maquetación: María O'Shea
Comunicación: Manuela Palazuelos

Impreso y encuadernado en Kadmos, en papel proveniente de fuentes manejadas de forma responsable, tanto ambiental como socialmente.
Printed in Spain — Impreso en España

Con amor, a Roni

Índice

Capítulo uno

I

Con Julia nos conocimos un sábado a la hora de almuerzo. Había pollo y papas con mayonesa sobre la mesa. Mi mamá gritó fuerte. Mi papá caminó rápido entre los árboles y detuvo un auto azul que bajaba por el cerro. El conductor era un hombre mayor que usaba lentes. Traía leña en la maletera y un gran perro negro de copiloto. Entre los dos, subieron a mi mamá que apenas podía caminar. El hombre estaba tan nervioso que no frenó con las curvas, ni con la fila de camiones que transportaban animales, ni con el Peugeot 404 que iba deteniéndose con cada cartel, puente y caballo que se cruzaba a su paso. Cuando entraron a la ciudad, giró por la única calle con semáforos y los dejó frente al hospital. Afuera había una mujer vendiendo café, una ambulancia y cuatro militares armados. Mi mamá entró a una vieja sala de tubos fluorescentes con ventanales que daban a un estacionamiento de tierra. Mientras esperaba, mi papá se sentó en el pasillo de baldosas cafés mirando de reojo a las pocas personas que esa tarde deambulaban por el lugar. Julia tenía tres años y estaba sentada al lado de él, devorándose un chocolate.

Durante el parto, mi mamá repasó su plan de fuga como si fuera la secuencia de una buena película de acción, que incluía cortes de luz, explosiones, saltos de rejas y el robo de un auto. Julia iba dejando marcas en las paredes blancas con sus manos cubiertas de chocolate. Cuando le avisaron que todo había salido bien, mi papá le explicó a la enfermera que no habían llevado ninguna identificación. La mujer entendió la situación en pocas palabras y accedió a ayudarlos sin preguntar ningún detalle. Entre menos supiera sería mejor para ella. Miró el reloj de la pared, anotó con cuidado mis datos en una ficha de cartón y los acompañó a la salida. Julia me contó que nací con los ojos tan grandes que parecía un monito animado hecho de plasticina. Nunca pude comprobarlo porque no tengo fotografías de esa época.

Para llegar a nuestra casa había que doblar por la fábrica de azúcar y seguir hasta el camino de tierra, justo frente a la lechería. Las curvas empezaban después de los álamos. Vivíamos entre medio de un bosque que en el otoño se ponía amarillo, naranja y rojo. Por la ventana de la cocina veíamos pasar camionetas viejas llenas de leña robada y en las noches, algunas luces de la Escuela Agrícola tintinear a lo lejos. Al lado de la salamandra de la esquina había un sillón de flores desteñidas y un tocadiscos sobre una mesa endeble. Los libros estaban arrumbados por el suelo.

Al río llegaban conejos,pájaros,coipos y pumas. Nuestra casa era rectangular como una caja de fósforos y las paredes de madera se mimetizaban con los troncos. En los días oscuros se veía salir humo desde el techo. Y en los de calor, las luciérnagas dejaban una estela verde. Desde la ventana de nuestra pieza podíamos ver las estrellas y las siluetas de los árboles que formaban distintas figuras. Un monstruo hecho de espinas o la cabeza de un caballo. Cuando había luna llena podíamos distinguir otros cerros con árboles y el columpio que hizo mi papá con el neumático que se encontró en el camino.

Mi mamá fumaba cigarros que escondía entre su ropa. Entraba al baño, abría la ventana y se sentaba sobre el marco de madera a disfrutar de la vista que incluía maleza de flores amarillas. En el invierno sacaba una de nuestras toallas y se la ponía como si fuera una capa, para no congelarse con el viento; nuestras toallas siempre tenían olor a humo mezclado con jabón. Mi papá guardaba su libreta y lápiz dentro del bolsillo de su camisa. Tenía puntitos de tinta negra repartidos por toda su ropa. Se cortaba la barba con una tijera para uñas y usaba sus lentes de marcos café para escribir y cocinar. Cuando no los encontraba, tomaba su libreta tan de cerca, que su cabeza se hundía en el papel. Siempre que se sentaba a escribir terminaba dibujando.

En las noches escuchaban la radio sentados a la orilla de su cama, con la luz apagada y en silencio. Nosotras apenas lográbamos entender la voz del hombre que daba información sobre lo que había pasado ese día. Hablaba rápido y daba muchos detalles en una sola oración; horas, calles, nombres de personas y marcas de autos. Otras veces, la señal se cortaba y escuchábamos un chasquido fuerte, luego alguna grosería de mi mamá y un par de golpes secos a la radio que casi siempre terminaba en el suelo. Mi papá dormía vestido y la radio se guardaba en el clóset, entre medio de las frazadas, fuera de nuestro alcance. Mi papá se llamaba Daniel y mi mamá Alicia, pero muy pocas veces los escuché usar esos nombres.

Pinocho era superior a los murciélagos y los vampiros. Sabía volar, atravesar túneles, escalar montañas y te podía devorar de un solo mordisco. Cuando mi papá lo dibujaba en su libreta parecía un águila gigante; su capa gris tenía forma de alas, los pelos de su bigote formaban un pico y las medallas en su pecho estaban deformes, como si se hubieran derretido al sol. El águila usaba lentes oscuros aunque estuviera lloviendo y le sacaba brillo a sus zapatos negros hasta lograr que se reflejara su cara. Algunas noches que con Julia reconocíamos su voz gangosa y aguda en la radio nos quedábamos jugando a los colores hasta que se nos quitara el miedo. El color tenía que estar en algún objeto de la pieza pero como estaba la luz apagada era difícil adivinar si el azul era por el calcetín, el dinosaurio, la cortina o el lápiz. Cada una tenía dos oportunidades de descubrir el origen del color. Si adivinabas a la primera, valía dos puntos. A la segunda, uno. La que llegaba a diez, ganaba. Podíamos pasar mucho rato jugando hasta inventar cualquier cosa con tal de no quedarnos calladas. Que el techo era negro, la tortuga de peluche roja y las almohadas, amarillas. Esa era la mejor parte del juego porque nos empezábamos a reír de las combinaciones y el miedo desaparecía.

Cuando escuchábamos grillos y ladridos, dormíamos tranquilos. Cuando escuchábamos disparos o helicópteros, apagábamos las luces. Cuando se cortaba la luz, sacábamos las velas del mueble de la cocina para escuchar las historias del bisabuelo. Esas eran mis noches favoritas.

II

Con nuestras linternas alumbrábamos el bosque. Los troncos se veían más grandes y las ramas crujían todo el tiempo. Los grillos se callaban cuando pasábamos cerca de los arbustos. Al llegar frente al nogal, mi mamá nos pedía que apagáramos las linternas y miráramos el cielo estrellado. Me daba sueño y me ponía de espaldas sobre el pasto seco. Escuchaba la voz de Julia que iba nombrando las formas que encontraba en el cielo mientras esperaba que pasara una estrella fugaz. No me podía dormir y tenía que tener cuidado de que no me picaran los bichos que salían a comer nuestras piernas. Julia decía las formas que encontraba, como la cara de un elefante. Mi mamá prendía el cigarro que llevaba escondido en el calcetín. Yo cerraba los ojos sin que se dieran cuenta mientras Julia iba indicando las estrellas que formaban las orejas grandes del animal visto esa noche. Cuando sentía el pie de mi mamá sobre mi hombro, me despertaba rápido y caminábamos de regreso a casa. Al llegar, ella hacía mapas de esas caminatas en un papel cuadriculado que después doblaba y guardaba entre las hojas de sus libros. En los mapas marcaba cosas que había iluminado con su linterna. El tronco quemado, la rama cubierta de musgo, el pino o las zarzamoras. Mientras caminaba contaba los pasos en su cabeza. Podía hablar y contar al mismo tiempo. En cada paseo íbamos probando recorridos nuevos. No dibujaba en sus mapas, los hacía con puntos y flechas. El nogal siempre era un triángulo negro al final de la hoja.

La primera vez que vi el bosque lleno de luciérnagas volví a la casa corriendo y le conté a mi papá, que estaba pelando zanahorias en la cocina. Me pidió que batiera unos huevos a cambio de contarme un secreto importante. Acepté feliz el trato. Él acercó una silla para que alcanzara el mesón donde me había dejado un plato hondo con un tenedor. Después me pasó cuatro huevos y me preguntó con voz misteriosa:

—¿Sabes de dónde vienen las luciérnagas?

Negué con la cabeza.

— Son estrellas que se cayeron del cielo y que están perdidas en el bosque.

Abrí mucho los ojos.

—¿Las estrellas tienen alas?

Mi papá me miró como si la respuesta fuera obvia.

—Claro, si no tendrían que arrastrarse por la Vía Láctea.

—¿Y por qué se caen?

—¿Por qué crees tú, Ana?

—¿Por un estornudo?

Mi papá cortó con entusiasmo una zanahoria a la mitad.

—¡Exacto! Porque el conejo que vive dentro de la luna se resfría a veces y estornuda fuerte.

—¿Por qué se resfría en verano?

—Porque en la galaxia hay mucho viento.

—¿Hay tormentas?

—Sí, con grandes truenos y relámpagos que lo asustan. Por suerte se puede tapar los ojos con sus orejas.

—A mí no me asustan las tormentas

—Es que tú eres muy grande.

—¿Y cuando se resfría le salen muchos mocos?

—Una montaña de mocos, y el problema es que a veces le duelen los oídos... como no tiene un gorro especial para sus orejas...

—¿Le podemos tejer uno?

—¡Buena idea! Pero recuerda que desde acá vemos la luna como si fuera del tamaño de un melón cuando en realidad es inmensa... tendríamos que tejerle un gorro del porte de todo el océano al conejo... no alcanzaríamos a terminarlo aunque todas las ovejas del mundo nos dieran su lana —mi papá me mostró sus dientes imitando a un conejo. Me largué a reír. La tortilla de zanahoria nos quedó deliciosa.

Le pedí a mi mamá que me enseñara a escribir la palabra luciérnaga. Ella anotó con letra grande varias filas sobre un papel blanco, y yo las fui imitando con un lápiz de mina. Después me corrigió, borrando a las luciérnagas que no tenían tilde o que habían sufrido alguna mutilación ortográfica. No quedó ninguna viva, tuve que seguir practicando. Mi mamá me decía que si escribía bien, las luciérnagas podrían volar más alto y tener una luz verde que iba a lograr encandilar a todos los animales del bosque, incluso al puma. Como no sabía de consonantes ni vocales, trataba de memorizar las formas de las letras como si fueran cables, cerros, rastrillos, zapatos y sombreros, pero después me confundía y terminaba mezclándolo todo. En las travesías nocturnas me gustaba apagar la linterna y perseguirlas. A la mayoría no podía alcanzarlas porque estaban volando en la copa de los árboles. Las otras, se paseaban entre las ramas y el suelo.

Cuando lograba atraparlas, cerraba mi mano, alcanzaba corriendo a mi mamá y le inventaba algo para volver rápido a la casa; mordeduras invisibles de arañas, calambres misteriosos en las piernas, torceduras de brazo que requerían atención inmediata. Aunque ponía expresiones de dolor que me parecían profundamente convincentes, ella nunca me creía, ni siquiera me revisaba para saber si el dolor era en serio, simplemente sonreía y me decía a modo de consuelo: Ten paciencia, ya casi llegamos, chica. Mi mamá nunca me decía Ana, prefería decirme chica, petisa, niña o flacuchenta.

Cuando volvíamos a la casa, entraba a la pieza corriendo y me daba cuenta de que las luciérnagas se habían escapado. Otras noches, un par de estrellas moribundas estaban pegadas en los pliegues de la palma de mi mano. Las dejaba con cuidado sobre mi almohada y las tapaba con un calcetín para que no pasaran frío. Lo primero que hacía al despertar era buscarlas para jugar con ellas; tenía la esperanza de encontrarlas volando en el techo de la pieza, pero siempre estaban muertas entre medio de mis sábanas. Julia tenía dos teorías, la primera era que las luciérnagas eran iguales a los vampiros, que morían con el primer rayo de sol, y la segunda era que se asfixiaban con el olor a queso de mis calcetines. Una noche le propuse que fuéramos a dormir con ellas al bosque, ella miró el cielo por la ventana y me dijo que era peligroso porque el puma salía a pasear cuando había luna llena. A Julia le gustaba abrir los ojos y rugir dando vueltas sobre mi cama. Grrrrr, escuchaba retumbar su voz en las paredes de la pieza mientras cubría mi cara con la frazada. Cuando me daba mucho miedo, primero empezaba el hipo y después los ataques de risa nerviosa que no podía parar con nada. Que la cortina estuviera cerrada lejos de tranquilizarme me daba terror, porque pensaba que tal vez el puma ya estaba afuera de nuestra pieza mirándonos a través de la tela azul.

—Si te muerde te va a chupar la sangre y vas a quedar como una pasa para siempre —insistía Julia mientras yo me quedaba con los ojos cerrados.

Después empezaba el hipo que no lograba parar con nada. Y a los pocos minutos, mis ataques nerviosos de risa que apenas me dejaban respirar. Mi papá se despertaba y tocaba la puerta de nuestra pieza para hacernos callar mientras decía con voz ronca:

—¡Ya está bueno de tanto escándalo, Ana! ¡A dormir!

Entonces a Julia se le ocurría responder cosas como:

—¡Estamos durmiendo, papá!

—¡No nos despiertes, papá!

—¡Ana está noctámbula sonámbula, papá!

Me cubría la cara con la almohada para que no se escuchara mi risa que a esa altura era un pito agudo. Mi mamá siempre decía que si no aprendía a reírme y respirar al mismo tiempo, me iba a terminar ahogando un día.

III

Todas las semanas subía un taxi viejo por el camino de tierra y se estacionaba frente al níspero. El conductor era un hombre delgado y canoso, usaba chaqueta café y zapatos negros. Tenía un lunar grande cerca de la nariz y un reloj de metal en la mano izquierda que miraba todo el tiempo. Cuando escuchábamos el motor del auto corríamos a la cocina. Julia me ayudaba a subir al marco de la ventana. El taxista se bajaba rápido, se acercaba a la puerta de entrada, sacaba un sobre que escondía dentro de su chaqueta y se agachaba para pasarlo por debajo. Nosotras escuchábamos el sonido del papel deslizándose por las tablas de madera. Lo acompañaban unas señoras que se sentaban en el asiento de atrás. Ellas nunca se bajaban. Tenían el pelo negro y se quedaban mirando por las ventanas como si esperaran ver al puma mostrando sus colmillos entre medio del bosque. El taxista siempre andaba despeinado. Los días de viento apenas lográbamos verle la cara porque el pelo parecía un gran remolino que iba a lograr despegar sus pies de la tierra. La primera vez que lo vimos le sonreímos mientras le hacíamos señas con las manos, pero pasó de largo por la ventana como si nosotras fuéramos un par de fantasmas. Mis papás nos habían dicho que por ningún motivo podíamos tocar esos sobres. Una tarde de invierno acercamos nuestros ojos al rectángulo blanco tratando de descubrir alguna pista. El sobre estaba húmedo, se habían formado ondas en el papel.

—Quizá si lo tocamos explota —dijo Julia mientras acercaba su dedo índice al centro del rectángulo blanco. Me cubrí la cara asustada. Julia rozó el sobre, haciendo una diagonal perfecta de lado a lado, después me tomó de la mano y salimos corriendo afuera. No se escuchó nada. Tampoco explotaron los vidrios. Nuestra casa seguía igual que siempre, escondida entre las ramas de los árboles, con sus tablas de madera y sus ventanas cuadradas. Julia empezó a dar vueltas mientras se reía nerviosa. Miré hacia arriba, las ramas de los árboles parecían esqueletos y el cielo estaba cubierto de nubes negras.

Los días que llegaban los sobres mis papás nos pedían que nos acostáramos antes de que oscureciera. Cerraban las cortinas a pesar de nuestras protestas. Yo me pasaba a la cama de Julia a esperar. Ellos se encerraban con pestillo en el baño. Después de un rato sentíamos el sonido de la cadena del wáter y a los pocos minutos, ruido en el pasillo. Cerraban la puerta de su pieza con cuidado para no despertarnos. Nosotras esperábamos unos segundos y nos levantábamos. Yo era la encargada de meter la mano adentro del wáter para rescatar los pedazos pequeños de papel flotando mientras que Julia vigilaba la puerta que dejábamos entreabierta. Descubrimos que los papeles que venían dentro de los sobres estaban escritos a máquina y que mis papás los rompían antes de tirarlos al agua. Cuando levantaba la mano para mostrarle a Julia un pedazo de papel amarillento pegado a uno de mis dedos, ella sonreía triunfante. Esas noches sentíamos que estábamos cerca de una pista aunque apenas se distinguían los fragmentos de una letra. Juntábamos nuestros descubrimientos en el cuaderno amarillo. Lo amarrábamos con un cordón de zapato y lo escondíamos debajo de la cama para que mis papás nunca lo pillaran. Mi mamá siempre nos recordaba que no obedecerles era mucho más peligroso que encontrarse con un lobo en el bosque.

Después de que llegaban los sobres, los horarios de mis papás cambiaban. Como no tenían auto, se iban caminando por el cerro hasta la casa de un amigo que era dueño de un auto celeste. Bajaban juntos para llegar a la ciudad.

IV

Mónica nos cuidaba cuando mis papás tenían que trabajar de noche. Me gustaba su chaqueta verde que tenía parches cafés en los codos. El pelo le cubría toda la espalda y cuando se lo tratábamos de peinar era imposible. A veces encontrábamos pedazos de ramitas o pasto seco atrapados entre sus pelos negros. Mónica conoció a mi mamá mucho antes de que nosotras naciéramos. Tampoco hay fotografías de esa época.

Los chicles que nos regalaba eran blancos con una línea rosada al centro. Con Julia competíamos a quién hacía el globo más grande de frutilla y casi siempre le ganaba. Entonces me tenía que dar la mitad de su chicle masticado que era lo más sabroso y blando del universo. Mónica nos pedía que por favor no dejáramos los envoltorios a la vista. A mis papás no les gustaba que comiéramos dulces porque nos podían salir caries y entonces tendríamos que ir a la ciudad en busca de un dentista. Nosotras hicimos un escondite que marcamos con cuatro piedras pintadas con tempera café. El escondite estaba afuera, debajo de la ventana de nuestra pieza. Las piedras las poníamos encima para que el viento no levantara la tierra donde enterrábamos nuestra evidencia. Antes de apagar la luz, cantábamos la canción de los elefantes que se balancean en una tela de araña. Mónica era mucho más afinada que Julia y se reía tan fuerte cuando me equivocaba en el número de elefantes que nos contagiaba. Llegamos a contar hasta treinta y dos elefantes en una noche. Ella decía que nuestras telas de arañas eran las más resistentes de todos los bosques sobre la tierra.

Cuando volvía de madrugada, mi mamá aprovechaba de estar con ella. Salían de la casa aunque el bosque estuviera escarchado, se detenían un segundo para prender sus respectivos cigarros y después seguían caminando hasta que las perdíamos de vista entre medio de los árboles. Caminaban por la lechería y terminaban sus largas conversaciones apoyadas en las cercas del potrero que estaba frente a la carretera. Las vacas las quedaban mirando fijo hasta que se despedían de un abrazo. Mónica tomaba la única micro que pasaba por la carretera y que la dejaba frente a la fábrica de azúcar. Mi mamá se quedaba a varios metros de distancia del paradero para cuidarla. En el verano Mónica iba en bicicleta. En el asiento tenía amarrado un cojín morado. Mi mamá la miraba pedalear hasta que se transformaba en un punto que se perdía sobre el asfalto. Ella nunca aprendió a andar en bicicleta porque le daba vértigo. Mónica la molestaba y le decía que algún día tendría que ser valiente y aprender a despegar los pies de la tierra.

Los domingos mi mamá se sentaba a leer libros de historia a la sombra de los árboles. A veces se llevaba una frazada y se tendía bajo las ramas. Cada tanto tomaba uno de los mapas que había guardado entre medio de las hojas y los miraba concentrada como si en su cabeza estuviera haciendo nuevamente el recorrido hasta el nogal. Otras veces se quedaba profundamente dormida con el libro en las manos. A unos metros de distancia, mi papá miraba hipnotizado los troncos mientras sostenía su libreta negra. Cada vez que iba a escribir algo parecía arrepentirse a mitad de camino y volvía a la hipnosis. Yo quería aprender rápido a leer para descubrir qué cosas iba apuntando a la orilla del papel.

Todas las semanas nos prometía que la siguiente dejaría de fumar. Encendía un cigarro, lo aspiraba con fuerza y después lo giraba con sus dedos, como si nos estuviera mostrando una pista importante que se estaba consumiendo frente a nuestros ojos. Cuando tenía toda nuestra atención decía con voz dulce: Niñitas, les prometo que éste es el último que me fumo para no morir de cáncer como su abuela, pero a los pocos minutos, cuando apagaba con delicadeza el cigarro sobre la tierra, nos explicaba que todas íbamos a morir de algo y que sus cigarros eran como la vida misma, llena de placeres peligrosos. Cuando decía eso, sonreía para adentro, como si fuera cómplice de algo. Con Julia sonreíamos imitando a la perfección su gesto como si intentáramos sumarnos a una escena que no nos tenía contemplada. Tenía el pelo hasta los hombros y le gustaba usar un suéter rojo que se había tejido antes de que nosotras naciéramos. Yo heredaba la ropa de Julia, desde sus chalecos hasta sus pijamas. Si la veía con algo nuevo sabía que tarde o temprano sería para mí. En los veranos a Julia le salían pecas alrededor de la nariz. Mi mamá nos cortaba el pelo igual, una melena que llegaba hasta las orejas. Como mi pelo era rebelde siempre terminaba con una especie de hongo esponjoso rodeando mi cara. Y como la ropa siempre me quedaba grande, la usaba arremangada. Mi papá usaba calcetines rojos y dibujaba todo lo que se le pasaba por la cabeza, desde un conejo con melena, un señor con garras de pájaro, hasta unas hormigas con traje de baño. No quedaba un espacio libre en las hojas de sus libretas. Un domingo que hacía mucho calor Julia les preguntó si podíamos ir al río a bañarnos y después pasar a la casa del amigo para pedirle su auto celeste y pasear unas horas. Mi mamá cerró su libro de golpe y asintió muy lento, como si estuviera pensando algo complicado. Después de unos segundos escuchamos su voz dulce:

—En esta época andan muchos hombres cazando conejos así es que es mejor que no salgamos a excursionar los fines de semana.

Y mi papá agregó:

—Lo peor son los cazadores inexpertos que se ponen nerviosos y terminan hiriendo a las niñas.

Yo les pregunté a mis papás que cómo cazaban.

—Con escopetas y hondas —contestó mi mamá.

Julia concluyó que era mejor dejar el paseo para otro momento. Yo asentí aunque nadie me estaba mirando. En la noche me imaginé a las luciérnagas heridas mientras Julia me contaba otra historia del puma, que se despertaba en las noches de luna llena para comerse los corazones tibios de los niños.

V

Hoy convencí a Julia para que me ayudara a marearme. Sujeté con tanta fuerza las cuerdas del columpio que me quedaron doliendo las manos. Ella me daba vueltas hasta que las cuerdas quedaban enrolladas, después me soltaba y corría rápido para que no le diera patadas. Yo giraba de un lado para otro tratando de mantener el equilibrio. Entonces escuchaba su voz:

—¡Ahora! —yo daba un salto y trataba de correr en línea recta hacia ella.

Todo me daba vueltas y me caía sobre la tierra mientras me reía. Esa era mi parte favorita. Julia también se reía porque parecía que me había tomado tres litros de vino.

De lo que no lograba convencerla era ser la cajera de la panadería. Hacíamos empanadas de hojas verdes rellenas con barro. Para que el barro no se desarmara sacábamos tierra, hojas y ramas secas que mezclábamos con agua hasta formar una masa. Instalábamos nuestra panadería y las vendíamos a distintos animales que venían desde muy lejos a comprarlas. Las de carne costaban seis lentejas y las de queso, cuatro. A algunos les dábamos un vaso con café o un cigarro de regalo. Mis animales favoritos eran el caballo, el hipopótamo y las jirafas que siempre llegaban de a tres.

Un día volvimos a la casa y mi papá nos tenía de sorpresa un cartel. En una superficie grande de cartón café nos había dibujado, mi cara de tinta negra tenía forma de pepino y la de Julia era una berenjena gigante. Mis ojos grandes eran dos huevos duros y mi nariz una línea diminuta de tren. Teníamos que cuidarlo de la lluvia para que nuestras caras no terminaran siendo manchas, nos advirtió. Medía dos metros de ancho y lo teníamos que llevar entre las dos para que no maltratarlo. Sobre nuestras caras de tinta negra había escrito con plumón rojo:

Empanadería Las Petizas Olorosas.
No deje de probar sus extravagantes recetas.

En las mañanas Julia lo acomodaba en el tronco y en las noches lo guardábamos debajo de mi cama. Mi papá tenía razón. Llegaron muchos más animales desde que pusimos el cartel. Juntamos cientos de lentejas. A mí me gustaba conversar con ellos mientras comían y preguntarles si habían visto al puma, pero todos contaban una versión diferente de dónde vivía. Soñaba con ser la cajera y darles el vuelto, aunque Julia decía que primero tenía que aprender a sumar y a restar mentalmente, así es que solo podía ser la encargada de limpiar los trozos de empanadas que se iban cayendo por culpa del sol. También me gustaba cuando recolectábamos hojas y pastos largos para hacer la masa. El agua la sacábamos de la casa en una botella de vidrio que yo era la encargada oficial de rellenar las veces que fuera necesario. Nuestra panadería estaba en el tronco de pino cortado. La entrada estaba marcada con tres piedras que pintamos con tempera blanca. En el invierno no podíamos atender por culpa de la lluvia. Entonces mi mamá nos daba permiso para hacer empanadas invisibles en la casa y mi papá ponía una piedra blanca a la entrada para que los perros no se perdieran. Cuando hacíamos empanadas, siempre le guardábamos un par a Mónica que en cuanto entraba, se las devoraba haciendo ruidos como si fuera un lobo hambriento.

VI

En la Escuela Agrícola tenían muchos animales: terneros, chanchos, gallinas y conejos. Los niños los alimentaban para comérselos o venderlos en el mercado. A los caballos les cepillaban el pelo y les limpiaban los dientes. Yo quería llevarlos a todos por el bosque para que me ayudaran a encontrar al puma.

Los niños aprendían a ordeñar vacas, matar chanchos, alimentar gallinas, poner inyecciones a las vacas, sembrar frutas y verduras. Nosotras no podíamos ir porque solo aceptaban a niños. Tenían cinco galpones grandes que olían mal, igual que nosotras cuando no nos duchábamos en una semana y el pelo de Julia brillaba al sol como si estuviera cubierto de mantequilla.

En las noches los encerraban para que no se escaparan al bosque. Todo el borde de la Escuela Agrícola tenía cercas de madera con alambre de púas en los que se quedaban atrapadas sus patas y cabezas. Habían siete perros que dormían afuera de los galpones, uno al lado del otro. En el invierno cerraban todas las persianas para que ningún animal se congelara. A los perros les dejaban unas frazadas que estaban llenas de hongos.

Cuando hacía frío, mi papá y Julia salían a buscar troncos que dejaban abandonados los leñadores. Después los cortaban con el hacha y los amontonaban a la entrada de la casa. Mi papá había hecho un techo de láminas para que no se humedeciera la madera. Entre medio de la leña las arañas construían sus casas. Después tenían que arrancar del fuego. Mi papá se levantaba varias veces en la noche para que no se apagara la salamandra. Cuando las plantas se congelaban, mi mamá nos preparaba una botella de vidrio con agua caliente envuelta en una camiseta. La metía en nuestras camas antes de que oscureciera. El baño y la cocina eran los lugares más fríos. Mis noches favoritas eran en las que se cortaba la luz porque mi papá nos contaba las aventuras de mi bisabuelo que fue raptado en Puerto Williams.

Mientras nosotras hacíamos nuestros recorridos nocturnos al nogal —que incluían avistamiento de estrellas fugaces y persecución de luciérnagas—, mi papá pasaba por debajo del alambre de púas con cuidado de no herirse y se robaba papas, zanahorias, cebollas, zapallos, berenjenas, lechugas y repollos de la Escuela Agrícola. Para que los perros no lo mordieran, mi mamá le daba una bolsa con pan añejo remojado. Mi papá era delgado y veloz. Nunca pudimos ganarle en las competencias que hacíamos desde el níspero hasta el pino. Primero daba unos pasos largos, haciéndonos creer que íbamos a ganar pero en el último minuto corría tan fuerte que después le costaba frenar y levantaba la tierra. Todo quedaba cubierto con una nube café. Mi papá conocía tan bien el bosque que nunca usaba linterna.

Además de correr rápido y dibujar, mi papá hacía tortilla de papas porque a Chile llegaron muchos españoles en barco. Traían armas, alcohol, enfermedades y caballos. Eso nos decía mi mamá. Que los españoles fueron nuestra primera perdición. También sabía hacer guiso de verduras y arroz con tortilla de zanahoria. Mi mamá le echaba orégano a todo. A mí me hubiera gustado acompañar a mi papá y quedarme jugando con los perros mientras él estaba cosechando, pero me decía que para eso tenía que ser veloz como un rayo.

VII

Pusimos en la mochila una linterna. Teníamos que volver antes de que llegara Mónica. Yo quería encontrar alguna vecina con la que jugar y Julia, la casa dónde vivía el amigo de los papás que tenía el auto celeste. Nos habían dado algunas pequeñas pistas del recorrido que hacían para llegar a su casa. Un pozo abandonado, una plantación de choclo, una extensión de pasto donde siempre había vacas. La casa del amigo estaba pintada de café y tenía el techo alto. Ya en el auto celeste pasaban por el cruce, el puesto de verduras, la plaza con la fuente de agua de cemento, la iglesia y el banco. Hice un pan extra por si nos encontrábamos con el puma. Pensé que la mejor forma de negociar con un puma hambriento, era nuestro preciado pan con mantequilla. Para no perdernos íbamos nombrando en voz alta algunas pistas del camino que apuntábamos con nuestras manos: un árbol con flores, unos troncos cortados y una bolsa de basura que ya había sido visitada por moscas, hormigas, gusanos y ratones. A la mitad de la caminata nos dio hambre, nos sentamos en las raíces de un árbol, y fuimos comiendo por pedazos el pan, hasta que solo nos quedó un cuadrado diminuto para el puma. Por el tronco del árbol pasaban filas de hormigas que robaban pedazos de hojas. Esperamos a que se subieran a nuestras manos para soplarlas, las que no salían volando, las aplastamos con nuestros dedos y las comíamos. Antes de morder el pan, Julia lo abría y pasaba su lengua por la mantequilla varias veces. Mi favorito era cuando le poníamos una capa gruesa del paté que hacía mi papá. Para que no se echara a perder lo cubría con una capa de grasa.

Caminamos hasta sentir el sonido del río tan cerca que dejamos de escuchar nuestras pisadas, justo cuando íbamos a correr para tocar al agua vimos en la orilla a un señor de pelo blanco con un perro café amarrado que estaba tomando agua del río. Llevaba una correa de cuero negra en la otra mano. Nos saludó. Nosotras lo miramos. Él sonrió y acarició a su perro antes de hablar.

—Él se llama Negro y andamos en busca de Jackie, una pastora alemana que tiene un collar rojo, ¿la han visto?

—No —contestó inmediatamente Julia.

Me acerqué para hacerle cariño a Negro pero Julia me tomó de la mano.

—¿Cómo se llaman?, ¿viven por aquí? —preguntó él. Julia me miró de reojo. Teníamos prohibido decir nuestros verdaderos nombres. De todos modos a mí no me gustaba mi nombre porque tenía menos vocales que Julia.

—Ella se llama Marcela y yo, Andrea —respondió Julia mirándolo fijo.

El hombre de pelo blanco dijo algo que no alcancé a escuchar porque Julia me agarró fuerte del brazo y corrió. Pasamos rápido por el árbol grande, la bolsa de basura, los troncos cortados y me solté de su mano en el árbol con flores porque ya no podía respirar. Ella miró hacia los lados por unos segundos. Nadie a la vista. Se tiró al lado mío. Teníamos las manos transpiradas. Nos quedamos un buen rato mirando el cielo entre las hojas. Descubrimos a Vicente al mismo tiempo. Un pájaro con la cabeza naranja que se movía entre las ramas buscando algo.

—Debe tener hambre —dijo Julia—. Ojalá encuentre un gusano gigante.

Yo mientras seguía pensando en mi nombre. Ana era corto y feo. Sería mejor llamarme Anaconda.

Unos días después, Vicente seguía ahí. Con Julia lo adoptamos. Cuando mi mamá se dio cuenta, nos retó porque nos pilló hablando con varios pájaros en la ventana. Tiró las migas al suelo y con su zapato las mezcló con la tierra. Me puse a llorar porque Vicente salió volando lejos del susto. Ella prendió un cigarro que llevaba escondido detrás de su oreja y nos dijo que les estábamos haciendo daño a los pájaros, que ellos debían ser libres y cazar gusanos. Al otro día salimos a buscar a Vicente con la mitad de un pan, lo encontramos en la rama de un arbusto cerca del río, pero aunque le hicimos pelotitas de miga, no quiso bajar.

Lo pensamos y llegamos a la conclusión que lo mejor era abrir Las Petizas Olorosas lejos de la casa y así hacerle a Vicente una empanada hecha de migas. Julia la rellenó con paté para que quedara más sabrosa. Llegó Vicente con varios amigos a comer y no se fueron hasta que se acabaron todo el plato. Julia decía que Vicente era revoltoso porque cuando agarraba una miga tiraba varias a la tierra. Yo encontraba que era muy miedoso porque cada vez que nos acercábamos para abrazarlo salía volando. Vicente se despertaba antes del amanecer. Con sus amigos despertaban a mi papá que ponía la tetera al fuego y tostaba pan. Nosotras nos despertábamos con hambre y corríamos a comer pan tostado con leche o agua con hojas de tilo o de cedrón que mi mamá recolectaba en nuestros paseos nocturnos.

VIII

Mónica entraba al bosque por un atajo que había detrás de la lechería. Nosotras la esperábamos en el cedro gris. Nos recogía cosas en el camino. En el invierno, hongos que encontraba cerca de la corteza de los árboles y violetas que ponía en un vaso con agua sobre la mesa del comedor. Me gustaba mucho el olor dulce de esas flores que tenían apenas el porte de una uña. Los hongos los freía con mantequilla. A mi hermana no le gustaban porque decía que tenían la misma textura que las pasas. En el verano nos traía una bolsa llena de murtillas. Nosotras pasábamos la tarde tragando esas pelotitas hasta que nos quedaba la piel teñida de morado. Mónica tenía la cara redonda y nunca se amarraba el pelo. Una tarde que estábamos sentadas bajo nuestra ventana, le pregunté si había tenido piojos. Mónica prendió un cigarro.

—Tuve tantos que mi mamá me tuvo que echar parafina para matarlos.

—¿La parafina es rica? —preguntó Julia antes de meterse su chicle a la boca.

—Tiene un sabor horrible y es muy peligrosa. Con un vaso se puede incendiar todo el bosque —Mónica miró a los árboles mientras botaba humo de su boca.

—¿Tú mamá es bruja? —le pregunté y después le di las primeras mordidas a mi chicle.

Mónica se rio.

—No. Antes de echarme parafina, probó muchas cosas, pero nada funcionó porque tenía una ciudad de piojos.

Julia levantó un montoncito de piedras donde se asomaban las puntas de los envoltorios que habíamos enterrado.

—¿Con resbalines? —pregunté mientras colocaba el papel verde para que Julia lo tapara con tierra.

—Hasta ascensores para llegar al techo de los edificios —afirmó Mónica.

—¿Nos puedes invitar a tu casa?

Julia hizo por primera vez un globo tan grande de chicle que cubrió parte de su rostro.

—Un día las voy a invitar a comer pan amasado y salchichas. Y van a conocer a mi mamá y a mis dos hermanos. Su mamá los conoce a todos.

—¿Ellos también tuvieron piojos? —pregunté mientras miraba a Julia que me sonreía triunfante.

—No, ellos siempre usan el pelo muy corto.

Julia estiró su brazo, yo corté la mitad de mi chicle con los dientes, y puse los dos pedazos sobre mi palma. Eligió el más grande.

—¿Y tú mamá? —preguntó Julia con una gran sonrisa.

—Ella usa una trenza larga que le llega hasta el poto.

Nos reímos fuerte mientras que Mónica estiró sus brazos con el cigarro en la boca. Vi un pedazo de la cicatriz que se asomaba de su pantalón.

Las dos trabajaban con delantales azules limpiando y clasificando libros en las estanterías de la biblioteca. A mi mamá le gustaba la historia y a Mónica la literatura. Todos los días compartían los cigarros y la comida que llevaban para almorzar. Una tarde, mi papá se refugió de la lluvia debajo del techo porque llevaba en sus manos tres planos enrollados. Mi mamá salió y le ofreció un cigarro. Mónica no dijo nada cuando se despidió de los dos pero al otro día molestó a mi mamá mientras timbraban los libros nuevos que habían llegado al puerto de Valparaíso. Al poco tiempo de que aparecieron los militares, mi mamá y Mónica tuvieron que dejar el trabajo y sus estudios. En ese tiempo mis papás vivían en el Cerro Mariposa. A mi mamá la llevó al sur una amiga cuando Julia tenía tres meses. La escondieron en un cajón de fruta a los pies del asiento. Mi papá salió caminando de noche por los cerros para que no lo atraparan. Se encontraron después de tres semanas a una cuadra de la plaza de Los Ángeles.

Mónica vivía cerca de la fábrica de azúcar y tenía una bicicleta roja con la que nos dejaba jugar. Se sabía muchos trabalenguas y le gustaba cuando Julia se ofrecía a leernos en voz alta antes de dormir. Cuando no entendíamos una palabra, nos hacía adivinanzas para que descubriéramos lo que significaba. Mónica trabajaba atendiendo un negocio donde sacaban fotocopias y mi mamá arreglando ropa en una costurería. No le podíamos decir tía porque no le gustaban ese tipo de formalidades.

Cuando la queríamos molestar le decíamos fuerte:

—¡Hola, tía Mónica!

—¡Te queremos, tía Mónica!

—¡Eres muy linda, tía Mónica!

Y ella nos respondía con voz ronca:

—¡Qué bien huelen mis sobrinas favoritas! ¡Huelen tan bien que me dio hambre! ¡Creo que me las voy a devorar!

Y nos perseguía mientras que nosotras nos reíamos y gritábamos tratando de no ser atrapadas por sus brazos que se movían como los de un pulpo hambriento.

IX

Mi papá se aburrió de que lo interrumpiera cada vez que se sentaba a pensar con su libreta y me dijo que desde ese día solo iba a dibujar a cambio de que yo hiciera algo para él. Un trueque. Para eso me daba una hoja que sacaba de su libreta. Yo sabía hacer barcos de papel o unas esculturas de pelotita que siempre terminaban volando por culpa de mi propia respiración. La noche en que dibujé a Vicente disfrazado de conejo para que mi mamá no lo fuera a descubrir, mi papá dibujó una ciudad dentro de la cabeza de Mónica que tenía muchos caminos, luces, ascensores, pistas de aterrizajes para helicópteros, un parque con montañas rusas y una fuente de sangre donde los piojos se alimentaban. También dibujó a Pinocho con su capa gris y lentes oscuros siendo aplastado por un camión de leche.

Nos reímos mucho. El águila estaba muerta y en vez de manos y zapatos brillantes tenía patas de vaca. Julia dibujó al señor de pelo blanco que nos encontramos en el río y le quedó parecido a un espantapájaros. Mi mamá le pidió a mi papá que nos dibujara detalladamente a los militares y carabineros para que supiéramos identificarlos, y no los anduviéramos confundiendo con cualquier señor de pelo blanco que anda en busca de su perro.

—Los de la central de inteligencia usan chaqueta de cuero y lentes oscuros. Los carabineros andan de verde. Los militares a veces se pintan la cara como si estuvieran en una selva llena de cocodrilos —nos explicaba mi papá mientras dibujaba.

Antes de tirarlos por el wáter, mi papá rompía todos los dibujos. Esa noche logramos salvar una pata de vaca que guardamos en nuestro cuaderno amarillo. Antes de dormir les conté emocionada mi idea de tener un nuevo nombre pero me dijeron que por ningún motivo podía ser Anaconda. Que afuera de la casa tenía que usar nombres más creíbles. Como

Claudia, Fernanda o Carolina. Y que a cada extraño, teníamos que darle la misma información. Que si andábamos cambiando cada día, nadie nos iba a creer. Así es que por siempre nuestros nombres de mentira serían Marcela y Andrea. Y los de los papás: María Beatriz y Óscar. Mi mamá me advirtió que era importante que los recordara, así es que los estuve repitiendo en voz alta por una semana pero a pesar de mis ensayos, siempre terminaba con la mente en blanco cuando Julia me hacía una prueba inesperada, donde me exigía decir todos los nombres rápidos a cambio de dejarme ser cajera por un día.

Antes de acostarme le pregunté a mi papá si podíamos tener un lugar secreto para los dibujos que no quisiéramos romper; me dijo que claro, que era cosa de buscar un buen escondite. Caminamos por la casa y se detuvo frente a una tabla del piso que crujió.

—No escondas nunca algo debajo de una tabla que ya está suelta porque es el primer lugar en el que van a buscar. Hay que encontrar algo mejor.

Asentí y le fui proponiendo otros lugares.

—¿Dentro de una olla?

—No. Pésima idea.

—¿Dentro del Clóset?

—Peor.

—¿Dentro de la radio?

Mi papá se detuvo en seco.

—Ese sería un muy buen lugar si la radio no la usáramos. Bien pensado, Anaconda.

Decidimos que era mejor probar fuera de la casa. Después de rodearla varias veces y proponerle el techo, el árbol donde dormía Vicente y el escondite de los envoltorios de chicles, descubrimos una cañería que estaba semienterrada a unos metros del tronco quemado. Nos acercamos a mirarla, dentro había muchas telarañas. Mi papá metió un palo largo para romper todas las casas de las arañas mientras aseguraba que habíamos encontrado un excelente escondite. Cada dibujo, lo tendría que doblar y guardar. Y solo sacarlos si era estrictamente necesario. Me preguntó qué dibujo quería guardar primero. Le dije que el de un perro de collar rojo con un puma al borde del río.

—¿Están tomando sol o jugando cartas?

—Están pescando.

—Bien pensado, Anaconda.

Mi papá hizo tres dibujos. En el primero, el perro de collar rojo tenía el doble de tamaño que el puma, y estaban sentados en una piedra al borde del río. En el segundo, el puma se estaba riendo fuerte mientras miraba su caña de pescar donde estaban enredadas las zapatillas de Julia. En el tercero, el perro y el puma estaban nadando con los ojos abiertos, alrededor de ellos habían luciérnagas brillantes con snorkel. Ese fue mi favorito.

Después de doblar las hojas, las metí dentro del tubo con la ayuda de un palo y le puse una piedra grande para que ningún animal se las fuera a comer.

Antes de irme a la pieza le pedí que por favor no le contará a nadie de nuestro escondite para los envoltorios de chicles. Él puso voz solemne para aceptar y me dio la mano para cerrar nuestra promesa. Al otro día, le pedí que dibujara al águila transformándose en vaca, pero él lo transformó en un lobo peludo de orejas grandes.

De regalo mi mamá nos hizo dos pulseras con todas nuestras iniciales de mentira para que nunca fuéramos a olvidarlas. Las letras de Julia eran moradas y las mías, rojas. Nos puso las pulseras y les hizo muchos nudos para que nunca se salieran de nuestras muñecas.

Mi papá me enseñó que los meses del año tienen treinta o treinta y un días, y que uno puede saber por los nudillos de las manos. Los de treinta y un días son la punta del hueso montañoso. Los de abajo, de ladera de piel, tienen un día menos. Hay personas que nacen el veintinueve de febrero que ven desaparecer su día de cumpleaños del calendario. Eso es porque febrero es un mes bisiesto. Yo nací un veintitrés de un mes de montaña. Y mi número favorito de la suerte era el cinco.

Para nuestros cumpleaños, mi mamá hacía panqueques rellenos con manjar y mi papá una tarjeta. Un oso panda que peinaba a una pulga que usaba lentes oscuros. Orejas de elefantes y ratones que se asomaban por las ventanas de un tren que andaba por el desierto. Una vaca nadando con visores en una cañería del baño de un edificio. Dentro de las tarjetas había mensajes con formas de espiral, estrella, montaña o árbol. Mi mamá escribía que nos querían de la casa a la luna, o de la casa a más allá del desierto del Sahara o de la casa a más allá de un pliegue de un gato que vivía en una cueva en Tombuctú. Esas tarjetas las podíamos guardar en la caja verde que tenían escondida en el clóset de su pieza, detrás de las frazadas. Julia no alcanzaba la caja aunque se parara en punta de pies. A mí no me dejaban subirme en las sillas porque una vez me caí de cara y me quedó una cicatriz debajo del labio que todavía conservo. Mónica nunca faltaba a nuestros cumpleaños y nos hacía de regalo salchichas con forma de pulpo. Era por lejos mi regalo favorito. A mi papá le encantaba estar de cumpleaños y lo anunciaba con un mes de anticipación. Mi mamá se ponía un poco triste en sus celebraciones, y aunque nos agradecía los regalos que le hacíamos que incluían una torta de barro, siempre miraba todo con distancia, como si de repente no reconociera qué hacía en esa casa con nosotros. En el bosque celebramos sus treinta años: le hicimos una máscara de cartón que mi papá nos ayudó a pintar. Mamá se la puso, incluso lavó la loza con ella, pero igual se fue a acostar temprano. La máscara tenía la forma de una oveja. Mi papá la acompañó y nosotras nos quedamos jugando a los colores hasta tarde.

X

Hoy se cortó la luz. Mamá encendió una vela que puso sobre el velador y mi papá nos contó que el bisabuelo llegó en un barco desde Europa. Tenía siete meses de edad y mucha fiebre. Sus papás escoceses lo dejaron al cuidado de una pareja chilena en Puerto Williams, que es un puerto que queda en el mar del sur, donde se acaba la tierra. En Puerto Williams hay viento, ovejas y fruta enlatada. La pareja chilena se encariñó tanto con esa guagua escocesa que cuando después de tres meses pasaron a buscarlo sus papás, les inventaron que había muerto de fiebre un martes en la madrugada. Llevaron a los papás escoceses frente a una cruz de mentira que habían puesto a la orilla del mar. En la cruz de madera estaba escrito el nombre completo del niño en inglés y la fecha de muerte que era en realidad el día en que habían decidido quedárselo. Un martes de mes de ladera. La mamá escocesa se arrodilló frente a la cruz y lloró fuerte. La mamá postiza le dio un té para calmarla. Los hombres —escocés y chileno— se dieron un apretón de manos al despedirse. El escocés dijo algo que nadie entendió por el viento. Al otro día, los papás postizos hicieron un cordero al palo para celebrar con el resto de la familia chilena la adopción oficial del niño de ojos azules. Usaron la cruz para la fogata. El niño raptado nunca aprendió inglés y se dedicó a perseguir ovejas por las estancias del sur. Cuando tenía dieciséis años se quebró la pierna derecha andando a caballo y tuvo que arrastrarse por la nieve para llegar a un refugio. En Escocia hay vacas que tienen el pelo largo y hombres que usan faldas a cuadros.

XI

Los leñadores que rondaban el cerro usaban gorros de lana en el invierno y jockey de colores en el verano. El que llegó a la casa tenía la ropa sucia y dos caballos. En uno iba él con su hacha y en el otro llevaba amarrado un cerro de leña. Mi mamá le dio un vaso de agua y un plato con guiso de verduras. También agua a los caballos que espantaban a las moscas con sus colas largas. El leñador se sentía mal porque no había comido en todo el día y hacía mucho calor. Mi mamá le preguntó si le iba bien con la venta de la leña. El leñador le dijo que no, porque no se la pagaban.

—¿Dónde vive tu patrón? —le preguntó mamá seria.

El leñador señaló la ventana.

—En el cerro de allá.

—¿El del puente?

El leñador afirmó mientras encendía un cigarro que aspiró con fuerza.

Mi mamá le acercó un cenicero, le temblaba la mano.

—No se preocupe, los de allá no son mis amigos —le dijo el leñador sin sonreír.

Mi mamá prendió un cigarro.

—He intentado dejarlo pero no me resulta.

—No lo intente. No es un buen momento para dejar de fumar.

—No, no es un buen momento —concluyó ella.

Fumaron los dos en silencio. Después el leñador pasó al baño y volvió con el pelo mojado. Mi mamá le dijo que podía pasar cuando quisiera. El leñador, que ya era un hombre mayor, le agradeció. Después le pregunté porqué no era un buen momento para dejar de fumar. Mi mamá se puso muy seria y me dijo que había mucha sequía y que eso los tenía nerviosos. No me atreví a seguir preguntando. Cuando mi mamá me miraba así era como si se transformara en una muralla. El leñador nunca volvió. Ni él, ni los dos caballos negros de su patrón.

En el cerro después del puente vivían los ricos. En casas de dos pisos con patio con pasto, parrilla y piscina. Tenían camionetas y trabajadores que iban por la leña. Algunas familias se dedicaban a los toros y otras tenían lecherías donde producían mantequilla, yogurt y queso que se vendían en los supermercados.

—Nunca debes acercarte a ellos, aunque necesites ayuda, es mejor esperar a que nosotros volvamos de la ciudad a pedirles algo, ¿queda claro? —me dijo una noche mi papá mientras me servía sopa.

—¿Y podemos ir a robar queso y yogurt?

—No —me contestó—, a menos que quieras terminar coja.

—¿Tienen pistolas? —le pregunté.

—Hasta metralletas.

—¿Me las dibujas?

—Después.

Mi papá puso sobre la mesa los platos que sirvió hasta el borde.

—¿Es verdad que Pinocho se puede transformar en un lobo?

—Ningún lobo tiene los colmillos tan grandes como él.

—¿Ni el puma?

—Ya hablamos de ese tema, Anaconda.

Metimos las cucharas en la sopa de papas con orégano que preparó mamá.

Mónica encontró a Vicente justo antes de que se fuera a dormir. Julia subió al árbol y todos los pájaros salieron volando asustados. Dejó las migas con mantequilla en una rama alta y se bajó dando un salto. Mónica la recibió. Yo no me podía subir a los árboles porque me mareaba y mi cuerpo empezaba a temblar. Mónica decía que eso se llamaba vértigo y que lo había heredado de mi mamá. Me gustaba esa palabra porque parecía una mezcla con viento. Después jugábamos a las escondidas las tres. Contábamos hasta ocho porque el bosque era muy grande y cuando estaba oscureciendo podíamos perdernos. Mónica siempre quería que nos ducháramos, pero nosotras le pedíamos que por favor no, que mejor leyéramos un cuento. Lo que siempre teníamos que hacer era lavarnos los dientes para que no nos salieran caries. Mi mamá nos compraba bicarbonato para que untáramos nuestros cepillos antes de meterlos a la boca.

Le contamos a Mónica que algunas noches nos daba miedo que viniera el puma o el águila a cazarnos. Y que usara esas bolitas, que eran del tamaño de una miga de pan y que se transformaban en el aire en hoyos negros que te llevaban a otra dimensión para siempre. Mónica nos hizo varias preguntas al respecto:

—¿Ustedes han visto esos hoyos negros?, ¿dónde queda esa dimensión?, ¿por qué Pinochet las cazaría a ustedes?

Julia le mostró el libro donde habíamos visto los hoyos negros que se llevaban a los conejos, y después con dibujos le explicamos que la dimensión era desconocida y que solo podías acceder a ella con una radio especial que tenía tanta señal que podía atravesar el sol. Que todas las personas desaparecidas de la tierra estaban en ese lugar y aunque habían probado distintos experimentos para volver a sus casas, nunca lo habían logrado. Por eso lo mejor era hacer un plan para robar esas pelotitas —concluimos con Julia. Mónica asentía con seriedad cada vez que le dábamos un nuevo detalle. Al final, le expliqué que el águila siempre se quiere llevar a los niños para comérselos, porque somos igual de sabrosos que los terneros y los chanchitos. Que nos metería en una olla grande y nos cocería bien antes de masticarnos y tragarnos. Ella nos hizo cariño en el pelo mucho rato y nos aseguró que no había de qué preocuparse porque el bosque era el lugar más seguro para estar en estos momentos, que uno solo se cruzaba con leñadores inofensivos. Que Pinochet ni nadie nos iba a encontrar jamás.

—¿Y los pumas? —preguntó Julia cuando yo ya estaba a punto de quedarme dormida.

—Si los pumas tuvieran hambre primero se comerían a un leñador que son más carnudos y sabrosos que dos niñas flacuchentas. Los pumas son buenos. Nunca los asustes y ellos no te harán daño. Si creyera que el puma me puede comer, no caminaría sola por el bosque —afirmó Mónica antes de darnos un beso en la frente a cada una y apagar la luz.

En la madrugada, cuando llegaron mis papás de trabajar nos prepararon una sorpresa para el desayuno. Hicieron huevos revueltos y leche con un poco de café para cada una. Nos propusieron un juego. Dijeron que nos enseñarían a hacer un escudo de palabras que podríamos usar cuando nos encontráramos con desconocidos curiosos. Con Julia nos miramos sin entender. Mi mamá nos pidió que miráramos nuestras pulseras. Las miramos creyendo que veríamos salir un rayo o una tela de araña que iba a llegar al techo de la casa pero nada, las cinco iniciales seguían sin iluminarse o transformarse en un cinturón con botones misteriosos. Mi mamá nos explicó que las pulseras nos daban poder, que podíamos ser invisibles.

—¿Cómo si tuviéramos un disfraz? —preguntó Julia entusiasmada.

—¡Yo quiero ser una luciérnaga! —dije mientras derramaba un poco de mi leche por el entusiasmo.

—Exacto, es muy parecido a un disfraz —dijo mi papá y sacó una cucharada de huevo del sartén.

—Pero es mejor porque no necesitas llevarlo en una mochila, solo tienes que llevar la pulsera para activar el escudo —agregó mi mamá mirándonos con misterio.

Con Julia cruzamos miradas intentando descifrar el misterio. No lo logramos.

—¿Y cómo se hace? —pregunté.

Mi papá miró a mi mamá que abrió mucho sus ojos antes de hablar en voz baja.

—Lo primero es que si alguien te da miedo no tienes que correr, lo tienes que mirar a los ojos. Si te hace alguna pregunta, como tu nombre por ejemplo, le contestas que te llamas...

—Marcela —se adelantó Julia imitando el susurro de mi mamá.

—Exacto. Y si les preguntan donde viven... —agregó mi papá hablando lento como si esperara que alguna de las dos termináramos la frase.

—Les dicen que en la ciudad y que solo andan de paseo por el bosque —completó mi mamá como si estuviera dando las instrucciones de un juego.

—Y si les preguntan nuestros nombres... —siguió mi papá.

—Dicen que nos llamamos María Beatriz —mi mamá usó una voz aguda que nunca le habíamos escuchado.

—Y Óscar —dijo mi papá con una voz rara, como de monito animado.

Con Julia nos reímos. Mi mamá continúo hablando con voz aguda.

—Hola. Me llamo María Beatriz, nací en el puerto de Talcahuano. Voy a la iglesia todas las semanas y leo la biblia, me la sé de memoria. Trabajo en una zapatería que queda en el centro de Los Ángeles.

—¿Ya no eres costurera? —pregunté.

Julia me pegó un codazo. Mi mamá negó con la cabeza.

—Cuando hablo con extraños a los que les tengo miedo, no.

Mi papá volvió a poner voz de monito animado.

—Me llamo Óscar, nací en Osorno pero crecí en Santiago. Me dedico a reparar radios, televisores y tocadiscos. Antes tenía un puesto en una galería del centro de Los Ángeles, pero ahora con la crisis trabajo en la casa reparando las cosas. Me gusta el fútbol, un equipo que se llama Colo-Colo.

Julia se puso pálida de repente.

—¿Y si nos lanzan a un hoyo negro antes de que hablemos?

—Esos hoyos no funcionan con las niñas —dijo sonriendo mi papá—, solo son capaces de llevarse a otra dimensión a los conejos.

Con Julia asentimos, era justo lo que habíamos leído en el cuento.

Para que nuestro poder creciera, en la semana fueron trayendo distintas cosas que pusieron en la casa: una cruz en nuestra pieza y otra en el centro del comedor. Una caja con herramientas. Dos radios viejas y el parlante de un tocadiscos que ayudamos a desarmar. Mi mamá puso cajas de zapatos en distintas partes de la casa. Salían todos los días a trabajar, pero no se llevaban nada. Era solo por si algún desconocido nos tocaba la puerta.

XII

Hay dos cosas que a mi mamá le quedaban ricas: los panqueques y las papas con mayonesa. Les ponía zanahoria cocida y un poco de limón. Nosotras la ayudábamos a echar chorritos de aceite mientras ella movía el tenedor rápido. Julia se pasaba las manos con aceite por el pelo y mi mamá la retaba. Cuando terminaba de batir, chupábamos a medias el tenedor. Mi mamá dejaba que lengüeteáramos los platos, aunque retaba a mi papá cuando hacía lo mismo con los restos de manjar o mermelada. Mi papá le pasaba la lengua a cualquier cosa que tuviera un poco de azúcar. A mi mamá siempre se le olvidaba el pan que dejaba sobre el tostador y el arroz le quedaba mojado, como si hubieran naufragado en el mar todos los granos. Decía que si fuera por ella comeríamos todos los días tallarines, nosotras estábamos de acuerdo pero mi papá cocinaba guisos y tortillas. Cuando hacía de acelga, me obligaba a comer aunque odiaba el olor de esa cosa esponjosa.

Mi mamá le hacía tarjetas con las cajas de zapatos a Julia. Las recortaba y escribía palabras para que buscara en un diccionario grande de tapa dura que había traído de la ciudad. En otras, anotaba sumas y restas que mi hermana tenía que resolver durante el día. Los primeros días Julia estaba tan enojada —porque no podía estar afuera todo el día— que se ponía a llorar, pero después le fueron gustando tanto sus tarjetas que las escondía para que yo no las fuera a doblar o rayar. Mi mamá lo pasaba bien hablando sobre cómo se formaron los países, los bailes donde se decidieron las guerras y las cartas secretas donde se escondían amoríos entre distintos reinos. Por eso estudió Historia en la universidad. Y se ponía muy seria si uno le preguntaba algo de cuando era chica o de cuando conoció a mi papá. Al final nunca contestaba lo que uno le preguntaba. Tenía una gran habilidad para cambiar de tema y hablar de la vida de otros. Siempre nos daba datos graciosos, como que Napoleón tenía problemas estomacales y se tiraba muchos peos mientras daba sus discursos. O que la boca se tapaba en los bostezos para que no entrarán demonios al cuerpo. Solo las noches en que estaba muy cansada, Julia dejaba sus tarjetas desparramadas por el suelo. Yo las miraba de reojo desde la cama. Julia decía que si llegaba a tomar algo que ella me prohibía no me iba a hablar por una semana. Como era con la persona que pasaba más tiempo en mi vida le hacía caso a sus amenazas. Me trataba de aprender algo de las tarjetas para sorprenderla un día pero nunca me resultaba porque, como decía mi mamá, tenía memoria de pollo.

Me encontré a un chancho que se había escapado de la Escuela Agrícola. Lo reconocí porque tenía la oreja cortada. No le conté a nadie porque el chancho no quería volver a estar encerrado en su jaula donde le tiraban cáscara de papas, de sandía y restos de comida podrida. El chancho iba feliz probando todo lo que se cruzaba en su camino, desde flores y zarzamoras, hasta caca de otros animales. Mientras lo seguía pensaba con orgullo que nosotras nunca habíamos marcado las plumas ni la cabeza de Vicente y que jamás se había querido escapar a vivir lejos de nosotras. Al poco andar, descubrí que el chancho era un muy buen amigo porque encontraba con facilidad las bolsas de basura que habían dejado tiradas en el bosque. Yo metía las manos entre las cosas podridas que ya había rechazado él, y buscaba concentrada tapas de frasco o de botella. Las usaba para hacer competencias deportivas para insectos. Mi papá me había contado de las Olimpiadas y había hecho un dibujo de muchos animales compitiendo en una pista de atletismo. Nos contó que en Alemania habían hecho unas donde los hombres parecían estatuas musculosas. Sin contarle a nadie, ni siquiera a Julia, empecé a crear mis propias Olimpiadas del bosque diseñadas especialmente para chanchitos de tierra, gusanos, hormigas y escarabajos. Las tapitas las rellenaba con distintas cosas, a una le ponía barro, a otra agua con tempera, a otra pasto seco y a otra agua con harina hasta formar un engrudo. Después en un vaso salía a buscar insectos que encontraba en las hojas, los tallos de las plantas y la tierra. El bosque estaba lleno de atletas. Si los concursantes pasaban todas las estaciones de prueba los felicitaba por ser tan musculosos y los dejaba irse. Si se morían en el engrudo o en la piscina olímpica de tempera llevaba sus cuerpos hasta el nogal y hacía un hoyo pequeño para enterrarlos. Luego ponía un palito para marcar la tumba del cementerio y encima una flor. En el funeral les decía cosas, por ejemplo a la cuncuna muerta en la témpera, le dije que era muy especial porque se había comido muchas hojas mágicas del bosque. Y que lamentaba mucho que no había podido sobrevivir, pero que desde ese momento sería un fantasma feliz. El nogal se transformó para mí en un cementerio. Así es que desde ese momento cuando salíamos con linternas por el bosque con mi mamá, quería llegar hasta el final del recorrido, igual que ella. Y me recostaba al lado de las tumbas. Al chancho no lo vi más. Espero haya logrado escapar para siempre de los niños de la Escuela Agrícola.

XIII

Hoy mi papá nos dijo que nos iba a enseñar a jugar cartas, que a él le había enseñado su papá que trabajaba en la aduana. Le preguntamos que cuándo podríamos conocer a los abuelos, aunque nos explicó que vivían muy lejos en el sur, donde se acababa la tierra. Que tendríamos que tener un auto y andar muchos días para llegar y que además no estaban los tiempos para viajar. Primero aprendimos Carioca, después 26, y por último, la Escoba con naipes españoles. Me costaba mucho recordar las reglas así es que mi papá me hizo un torpedo en un papel. Esos días nos dejaban quedarnos hasta tarde despiertas y cocinaba algo que nos gustaba mucho, como tallarines con salsa de tomate o arroz con huevo. Algunas noches me dormía mientras jugaba y después me acostaban sin que me diera cuenta. En las reglas, mi papá incluía que no sonriéramos cuando nos salían comodines ni tampoco pusiéramos cara de amurradas si íbamos perdiendo:

—Para ser un jugador profesional hay que poner cara de póker, que quiere decir cara de momia —nos recordaba cada noche.

A Julia le costaba mucho la cara de momia porque se enojaba cuando mi papá miraba nuestras cartas o cuando usaba el truco matemático para adivinar los números que teníamos en la mano cuando estábamos terminando una partida de escoba. Cuando iba perdiendo, tiraba las cartas sobre la mesa y se encerraba en nuestra pieza a llorar. Como a mi papá le gustaba mucho ganar se reía de ella cuando sentía el portazo, y me pedía que anotara su puntaje en la hoja. Después ponía una corona o una estrella sobre su nombre. A mi mamá solo le gustaba jugar algunas noches en que se aburría de estar leyendo. Me divertía que participara porque rompía todas las reglas que nos había enseñado mi papá: se quejaba de sus cartas, si alguien lograba bajarse antes que ella lo increpaba con furia y cuando ganaba se paraba de la mesa para celebrar dando unos giros y moviendo sus brazos como si estuviera en una rueda giratoria. Cuando había vino se servía en un vaso para celebrar una victoria o pasar las penas de una derrota momentánea. En general, cuando se quejaba de sus cartas, era porque tenía muchos comodines y estaba a punto de ganarnos. Mi papá transpiraba esas noches y miraba de reojo la hoja donde estaban anotados nuestros puntajes. Mi mamá siempre lograba engañarnos en los juegos de cartas y con Julia la admirábamos por eso.

Cuando mi papá me empezaba a contar una historia, mientras jugábamos, intentaba no ponerle atención porque era su estrategia para distraerme y así mirar mis cartas; para mí era díficil resistirme porque me encantaba escuchar sobre el bisabuelo:

—Tuvo su primera escopeta a los doce años. Se la regalaron sus papás postizos para el cumpleaños. Cambió tres veces de modelo entre los quince y los diecisiete. A esa edad podía cazar a cualquier pájaro o zorro que se le atravesara por las estancias del sur. Después tuvo otras armas. Revólveres y pistolas que tu bisabuelo intercambió, compró y robó.

XIV

Anoche Mónica me pidió que eligiera un libro para que Julia nos leyera en voz alta. Fui rápido por *Las aventuras de la hormiga roja.* Lo encontré en la segunda ruma, debajo del libro negro con letras doradas. Llegué corriendo de vuelta a la pieza y me metí de un salto a la cama. Julia abrió el libro y empezó a leer. A la tercera página nos dimos cuenta que ya no estaba la hoja de cuando la hormiga roja se perdía, ni tampoco de la cuncuna comiéndose su mapa. En vez del cuento, había unas hojas blancas escritas a máquina y muchos dibujos de mi papá que parecían mapas con instrucciones y fórmulas. Mónica cerró de golpe el libro y dijo que mejor leyéramos el *Mono Relojero*. Nosotras quisimos ver las hojas de nuevo pero Mónica salió rápido de la pieza y guardó el libro en su cartera. Nosotras nos enojamos y no quisimos leer otra cosa. Ella nos dijo que ojalá pronto nos desenojáramos porque parecíamos dos erizos horribles. Nos apagó la luz y dejó la puerta junta. Julia se paró de la cama y la cerró con fuerza.

Al otro día le conté a mi papá que habían desaparecido las hojas de nuestro libro y que Mónica lo había escondido en su cartera. Mi papá sonrió.

—Debe haber entrado un animal en la noche a desordenarlo todo.

—Pero había unos dibujos hechos por ti y cosas anotadas, papá.

—¿Además se robó hojas de mi libreta?

—Mónica no dejó que las viéramos.

—Está bien eso. No tienen porqué leer cosas que no escribieron ustedes.

—Pero el libro de la hormiga no lo escribió Julia.

—Pero ese cuento fue escrito por un escritor. En cambio mis hojas no.

—¿Escribes fórmulas secretas?

—Algo así.

—¿El animal que desordenó todo puede ser un puma?

—Anaconda...

—Es que Julia es muy miedosa, papá.

—No, puede ser un ratón o un conejo. Los pumas no entran a las casas, ¿cuántas veces se los tengo que repetir?

Busqué, pero no encontré ningún rastro. No había pelos ni huellas. Fui donde mi mamá que estaba leyendo. Ella también cerró el libro de golpe para decirme que no, que por ahí debían estar las hojas que faltaban. Que las cosas no desaparecen así como así de la faz de la tierra.

XV

La pareja que raptó al bisabuelo quitó todos los espejos de la casa para que no se fuera a dar cuenta que era el único de la familia que tenía el pelo rojo. Cuando cumplió cuatro años amaneció con mucha fiebre y aunque le pusieron paños fríos detrás de las rodillas y en los codos fue aumentando durante el día hasta que llegó la noche, y tendido sobre la cama empezó a delirar con que estaba en un barco. Entonces los papás postizos llenaron un tambor de agua fría y lo sumergieron varias veces. El bisabuelo de cinco años se vio reflejado en el agua, su pelo rojo pegado a su frente junto a sus grandes cachetes le daban un aspecto gracioso y grotesco que lo asustó. Las preguntas empezaron los años siguientes, primero fueron generales, sobre cuándo nació, cómo eran sus abuelos, hasta que una tarde llegó la inevitable: ¿Por qué soy el único que tengo el pelo rojo como el fuego, los ojos azules como el mar y la piel blanca como una oveja? Los papás postizos se habían puesto de acuerdo antes, decidiendo contarle algo de verdad y algo que habían definido como una mentira piadosa. La primera parte era que sus papás escoceses estaban navegando y lo habían dejado a los seis meses porque estaba muy enfermo. El bisabuelo abrió los ojos grandes al escuchar esa verdad. Luego le tocó escuchar la segunda parte: que sus papás nunca habían vuelto por él. El bisabuelo, al escucharlos, lloró desconsoladamente. Los papás postizos lograron consolarlo con distintos regalos, sobre todo comestibles. Y aunque el bisabuelo a los once años se echó barro en la cabeza tratando de cambiar su color de pelo, después logró mirarse en los espejos que volvieron poco a poco a los pasillos de la casa hasta encontrarse parecido a sus papás postizos.

Mi papá tiene ojeras y las venas de las manos tan marcadas que parece que uno se las puede agarrar y tirar. Mi mamá tiene las manos grandes y a veces le duele la espalda. Julia y yo tenemos juanetes en nuestros pies. No tan grandes como los de Mónica. Mi papá dice que los heredamos del bisabuelo raptado.

XVI

Hoy encontré una fotografía entre la basura con restos de plátano y tallarines pegados. La limpié con una hoja y logré ver a una mujer sentada en el borde de un balcón sacando la lengua. La llevé a la casa para lavarla con jabón. La mujer estaba vestida con una jardinera y tenía dos trenzas largas. Julia leyó las palabras que estaban escritas atrás con lápiz rojo: *Loreto, Talcahuano, 1959,* y concluyó que la mujer ya estaba muerta porque la fotografía era en blanco y negro. La enterramos en el nogal. En el hoyo pusimos un pedazo de pan con mantequilla y un chicle . Después cubrimos todo de tierra.

Cuando estábamos por entrar a la casa encontramos las huellas. Estaban cerca del pino. Eran seis. Cada una media ocho centímetros. No eran de puma, ni de conejo, ni de perro.

—¡Un enano! —dijo Julia—. ¡Por eso se robó las hojas de nuestro libro, porque a los enanos les encanta leer!

Al otro día fuimos recorriendo los troncos de los árboles llamando a los enanos. El bosque estaba cubierto de hojas así es que tuvimos cuidado de no pisarlos. Julia me dijo que probablemente serían parecidos a los de Blanca Nieves pero que era mejor cuidarse. Yo asentí.

Julia dijo en voz alta:

—Enanos, mi nombre es Andrea y el de mi hermana, Marcela —ninguno contestó.

Fuimos a buscar la escoba para barrer las hojas. Íbamos dejando las pistas en la entrada de la casa. De repente escuchamos una risa. Nos quedamos quietas. Vimos que algo se movía entre medio de las ramas de un arbusto. Nos acercamos con cuidado. Descubrimos a Mónica que estaba caminando hacia nosotras sonriendo y corrimos para contarle todos nuestros descubrimientos; además de las huellas, habíamos encontrado una naranja a medio comer en la cocina y varias hojas de libros que habían sido robadas. Mónica, como siempre, nos preguntó varias cosas, ¿dónde viven los enanos?, ¿cuánto miden?, y ¿por dónde entran a la casa? Le contestamos que sus pies miden ocho centímetros, que entraban a la casa por el tubo de la salamandra, y que vivían en las raíces de los árboles. Mónica nos felicitó por nuestra investigación y nos ayudó a seguir buscando. Encontramos un pedazo de polera morada, un bastón y una botella de vidrio enana. Le hicimos prometer a Mónica que no le contaría nada a mis papás, porque no queríamos que mi mamá nos prohibiera alimentar o conversar con los enanos, como había pasado con Vicente. Mónica nos preguntó si queríamos ir a dejarles comida a algún árbol. Estuvimos de acuerdo. Se le ocurrió que les dejáramos un chicle pegado a un tronco porque probablemente les gustaría mucho la sorpresa. Dejamos el chicle y Julia se subió por las ramas para darle migas a Vicente. Cuando fuimos a ver el tronco al otro día, ya se habían llevado el chicle. Así es que Julia les escribió una carta para presentarnos y dejarlos invitados a la panadería Las Petizas Olorosas.

Los enanos no llegaron y terminamos haciendo una docena y media de empanadas. Por primera vez, pude quedarme en la caja, contando lentejas. Estaba terminando de echarlas en el frasco de vidrio cuando escuchamos al taxi subir por el cerro. Corrimos a la cocina. El auto ya estaba estacionado. El taxista llegó solo, abrió la maletera y empezó a sacar parlantes de vinilo. Con Julia nos miramos de reojo. En total sacó cinco parlantes iguales al que teníamos en casa por si llegaban desconocidos curiosos. Se acercó a la puerta y los fue arrumbado. Durante los recorridos miró tres veces su reloj plateado. Esperamos el sobre pero el hombre volvió al auto, cerró la maletera y se fue. Salimos a mirar los parlantes. Julia tomó uno y me lo pasó, era más pesado que el nuestro. Se nos olvidó el cartel de nuestra panadería en el tronco. Cuando lo fuimos a buscar al otro día, todavía estaba húmedo. Nuestras caras se habían transformado en dos manchas gigantes.

Llegaron más enanos al bosque. Después de una larga investigación que incluyó rondas en distintos horarios, concluimos que en el día se escondían de los leñadores y en las noches salían por los túneles que llegaban al río. Usaban velas hechas de resina para no perderse entre los troncos. Tenían una escalera grande para subir al techo de nuestra casa. Cuando la salamandra estaba prendida se mojaban antes de bajar para no quemarse. Todos los días inventaban canciones; con Julia logramos escuchar una alegre, con tambores y trompetas. Para llevarse nuestras cosas lanzaban cuerdas desde la chimenea con un canasto grande y después las guardaban en una pieza secreta que construyeron debajo del cedro gris. A veces preferían los discos de vinilo que los libros. Al cuento de Hansel y Gretel lo cambiaron por el de un señor ronco y raro que gritaba ¡Viva Cuba y viva la revolución!

Usaban nuestros discos para tres cosas:

Fabricar escudos para protegerse del águila gigante.

Tirarse por el cerro cuando están escapando del puma.

Hacer balsas para salir a pescar.

Cuando nos encontráramos con ellos, les íbamos a pedir que no se metieran con nuestros cuentos favoritos. Y si conocíamos a varios enanos simpáticos íbamos a salir de paseo con ellos. También les íbamos a regalar una de nuestras linternas y dos tenedores para que se pudieran defender de los perros de la Escuela Agrícola que soñaban con algún día cazarlos.

XVII

Cuando cumplió treinta años, mi bisabuelo rescató a un perro de un incendio. En las noches dormía a sus pies y en las mañanas lo despertaba con un par de ladridos. Juntos llevaban a las ovejas a caminar por las estancias del sur, que son infinitas. Humo vivió dieciséis años y nunca fue a un veterinario. El bisabuelo lo alimentaba con cordero. Cuando tenía que ir a la ciudad, lo dejaba con llave dentro del galpón porque si no Humo lo intentaba seguir por kilómetros y le daba miedo que un día no supiera volver. Humo era más peludo que un oso y no le gustaba que llegaran visitas a la casa ni menos que le hablaran como guagua o que intentaran acariciarlo. Solo le gustaba recibir cariño del bisabuelo, que todas las noches le daba un par de palmadas en el lomo. El lugar favorito de los dos era la cocina porque era el más cálido de la casa. El bisabuelo tuvo dos hijos, pero nunca se quiso casar ni vivir en la ciudad. Algunos amigos que veía ocasionalmente lo llamaban El Lobo en honor a su naturaleza solitaria. Una tarde de octubre, Humo se escondió debajo de la cama. El bisabuelo intentó llevarlo al lado de la cocina a leña, pero por primera vez su perro le mostró los colmillos. El bisabuelo decidió sacar el colchón de su cama y lo puso en el suelo. Cuando se despertó al otro día, Humo estaba muerto. El bisabuelo raptado prendió velas y tomó vino mientras leía en voz alta un cuento del único libro que tenía en la casa. Al otro día lloró, tomó la pala e hizo un hoyo en la nieve hasta llegar a la tierra. Enterró a Humo junto a su comida favorita, un cordero. Cuando fue el primer aniversario de su muerte, amarró su caballo en un tronco doblado por el viento y rodeó la vieja construcción de madera sonriendo mientras buscaba algo en sus bolsillos. Entró con cuidado al establo porque parte del techo estaba derrumbado. Comprobó que la madera estuviese lo suficientemente seca y juntó un poco para armar una fogata en el centro. Sacó los fósforos de su bolsillo para encenderlo. Salió del establo y con los ojos cerrados pudo sentir su calor. Como había mucho viento y la madera estaba vieja, las llamas crecieron rápido. El cielo despejado se empezó a cubrir de humo y el bisabuelo apoyo su espalda en el tronco doblado para mirar las formas en el cielo. Dijo que era la fogata más hermosa que había visto y que el sonido de la madera húmeda se asemejaba a la de unos grandes truenos tropicales. El caballo se puso nervioso y trató de salir galopando lejos de las llamas. El bisabuelo le dio un poco de agua y le susurró algo al oído que nadie escuchó por el sonido del incendio. El caballo se calmó. En Puerto Williams decían que mi bisabuelo quedó medio loco después de que le hicieron el entierro falso y que por eso era pirómano. Mi papá dice que esas son tonterías que inventa la gente para tener miedo de algo, como la religión.

XVIII

Mónica llegó tarde. La esperamos en el cedro gris hasta que empezó a oscurecer. Cuando entró a la casa estábamos tratando de sintonizar la radio en la pieza de los papás. Dejó su cartera en el suelo y se fue directo al sillón, se sacó los zapatos y los calcetines. Tenía los pies hinchados y rojos. Nos contó que había caminado desde el centro de la ciudad porque no habían micros en ninguna parte. Nos dio instrucciones. Julia le calentó un poco de agua y la puso en una palangana, yo eché unas cucharadas de sal y la revolví. Metió sus pies dentro y suspiró. Su ropa estaba sucia y llevaba el pelo amarrado con un pedazo de tela. El juanete de su pie derecho era muy grande, como si tuviera un sexto dedo. Nos preguntó si queríamos leer o jugar a las adivinanzas mientras se devoraba un pan con mantequilla que le dio Julia. Le propusimos hacer un dibujo. Se fue quedando dormida mientras le preguntábamos si prefería estar volando con Vicente o andando en la nieve con su bicicleta. Levanté sus pies y Julia sacó la palangana. Trajimos frazadas de nuestra pieza y la cubrimos. Julia calentó la tortilla de acelga que había preparado mi papá. Cada tanto, mirábamos a Mónica que parecía desmayada sobre el sillón. Comimos, apagamos la luz del comedor y cerramos la puerta de nuestra pieza con cuidado de no despertarla. Cuando nos estábamos poniendo el pijama nos dieron ganas de masticar chicle. No los encontré en el bolsillo con cierre así es que llevé su cartera a nuestra pieza. Julia tomó la billetera verde con líneas amarillas. La abrió y sacó todo lo de dentro. Habían algunos papeles y documentos. Vimos su cara en blanco y negro. En la fotografía del carnet de identidad tenía el pelo hasta los hombros. Nos reímos porque parecía una niña. Julia leyó las palabras que estaban al lado y se quedó pálida. Su nombre era Verónica. Lo leyó en varios documentos. Su carnet de identidad, carnet de biblioteca de una universidad y carnet para conducir. Verónica. Buscamos otras pistas en la cartera pero no encontramos nada salvo una libretita con unos números de teléfono pero no reconocimos ningún nombre. Salimos de la pieza para despertarla, aunque le susurramos no abrió los ojos. Como en nuestras pulseras ya había dos M no era necesario agregar otra pero sí subrayar la primera. Le sacamos un lápiz de tinta negra a mi papá. Las letras de nuestras pulseras quedaron así: MAMBO. Mónica. Marcela. Andrea. María Beatriz y Óscar. En la cartera le dejamos un mensaje secreto: ¡Ya descubrimos tu nombre, tía Verónica! Tus sobrinas sabrosas. Decidimos no contarles a los papás de nuestro hallazgo.

A los pocos días nos pidió disculpas con cuatro salchichas cortadas en forma de pulpo y nos explicó que como ella vivía en la ciudad tenía que cuidarse un poco más y que por eso tenía su nombre de mentira escrito en todos sus documentos. Nosotras les mostramos nuestras pulseras. Ella nos dijo que igual se sentía muy honrada de ser parte del MAMBO. Le pregunté si cuando era Verónica cambiaba su voz, si ponía una de monito animado. Mónica se rio y puso una voz tan ronca que parecía la de mi papá:

—No te entiendo, ¿me puedes repetir la pregunta? —jugamos hasta tarde a inventar distintas voces. Esa noche nos abrazó hasta que nos quedamos dormidas y al otro día se quedó a tomar desayuno. Se duchó en la casa y se puso ropa que le prestó mi mamá. Mi papá preparó huevos revueltos y leche con plátano. Salimos por el bosque y descubrimos la casa de un enano. Estaba debajo de un tronco. Había un gran hoyo que conducía a un túnel. Me dijo que mejor no metiera mi mano porque me la iban a agarrar. Yo metí un palo pero cuando sentí que tocaba algo blando lo saqué rápido.

—¡Tocaste la guata de un enano! —dijo Mónica riendo. Y Julia agregó:

—Nooooo, ahora se va a tirar muchos peos hediondos.

XIX

Hicimos mapas de los túneles que tenían en el bosque, dibujos de sus casas y les dejamos mensajes en varios troncos. Cuando crujía nuestra pieza ya no pensábamos en el águila ni en el puma. Les dejamos leche en la cocina, pedazos de manzana en nuestra pieza y varios regalos en el bosque. Un botón, un lápiz, un calcetín. La máxima demostración de cariño fue guardarles dos pedazos de salchicha con forma de pulpo que se devoraron. Como en el cuaderno amarillo no cabían las pistas que encontrábamos usamos una de las cajas de zapatos para guardarlas. Trozos de vidrio, tela, madera, lata y plástico. Poco a poco, nos dejaron de interesar los sobres que traía el taxista, y ni la voz gangosa y aguda de la radio nos lograba desconcentrar, usábamos todo nuestro tiempo en planificar nuevas ideas para encontrarlos. Los días se pasaban rápido. Mónica nos ayudaba a organizar las tareas que iban desde marcar algunos troncos hasta sentarnos cerca del río a esperar que fueran por agua. También nos regaló un libro, aprendimos cómo hacían fogatas, qué cosas les gustaba leer, y con qué animales jugaban. Además de las recetas de sopas que hacían cuando estaban enfermos y el diseño de todos sus muebles que hacían con las ramas que recolectaban del bosque. A veces Mónica nos proponía leer otros libros, pero nosotras queríamos escuchar siempre de sus aventuras. Ellos también estaban obsesionados cambiando los discos de vinilo de nuestra casa, todos nuestros cuentos fueron siendo reemplazados por voces de hombres que seguían hablando de Cuba, así es que un día decidimos abrir el tornamesa para investigar si habían dejado alguna pista dentro. Pensamos que podíamos encontrar huellas, mapas y piedras con poderes. Sacamos un desatornillador de la caja de herramientas que había traído mi papá. Al final de la jornada ya habíamos mirado de cerca cables, perillas, telas de araña y distintas basuras acumuladas con los años. Cuando estábamos terminando de rearmar el tocadiscos, escuchamos el taxi. Vimos un sobre que pasaba por debajo de la puerta pero no corrimos a mirar por la ventana de la cocina. Los tornillos y los cables que nos sobraron los enterramos en el bosque para que nadie se diera cuenta de lo que habíamos hecho. Al final decidimos no probar si el tocadiscos funcionaba porque sabíamos que lo habíamos echado a perder para siempre. Decidimos hacer guardia esa noche para pillarlos. Nos quedamos escondidas detrás del sillón. Mis papás caminaron al baño con el sobre. Escuchamos la ducha por mucho rato y sentimos olor a humo de cigarro. Después los vimos caminar por el pasillo. Mi papá abrazaba a mi mamá que estaba llorando. Parecía que se estaba desarmando mientras caminaba. Cuando cerraron la puerta de su pieza entramos al baño, solo logramos rescatar la mitad de una palabra: ayó. Mi mamá volvió a salir aunque todavía no amanecía y mi papá se quedó con nosotras todo el día. Él nunca nos había leído en voz alta y nosotras le dijimos que preferíamos dibujar pero parecía que no nos estaba escuchando y empezó a leernos sin parar hasta que se quedó dormido.

Los días siguientes no hicimos paseos con linternas, ni juegos de cartas ni dibujos. Mónica por primera vez no llegó aunque habíamos quedado de hacernos unos disfraces de enanas. Julia también estaba rara, no quería seguir con la investigación y se pasaba buscando palabras en el diccionario. Yo hice muchas Olimpiadas y el cementerio fue teniendo varias filas de tumbas. A los pocos días, mi Papá nos contó que Mónica había tenido que hacer un viaje. Mi mamá estaba obsesionada con escuchar la radio y se enojaba si hacíamos ruido. Tenía muchos cigarros escondidos entre su ropa.

Julia tomó el diccionario una noche, lo puso sobre sus piernas y buscó la letra C. Siempre pasaba su lengua por la punta de los dedos cuando cambiaba de hoja. Igual que mi papá con sus libretas.

—Una cuenca es una depresión en la superficie de la tierra, un valle rodeado de alturas —leyó en voz alta.

Después de unos segundos me miró enojada.

—Tienes que repetir si quieres aprender.

—Es una depresión en la superficie de la tierra —lo repetí varias veces en voz alta mientras Julia escribió en una de sus tarjetas: *Santiago de Chile es una cuenca, una depresión sobre la superficie de la tierra.*

Mi papá me hizo una muñeca. La rellenó con algodón. Las piernas estaban hechas con sus calcetines rojos y los brazos con unos morados de Julia. La cara y el torso eran cafés. Además, le hizo unos pantalones azules y una polera blanca que le quedaban grandes. Tenía el pelo largo y negro de lana. Le dibujó una boca gruesa, una nariz chica y unos ojos en forma de estrellas. Todo con lápiz negro. Le puse Ramona. Me dijo que si alguna noche me daba miedo, podía abrazarla. A Julia le regaló un cuadro que tenía cielo, pasto y unos animales haciendo un picnic. Los animales éramos nosotros. Mi mamá un rinoceronte, mi papá un conejo, Mónica un búho, Julia un flamenco y yo, una jirafa. Todos estábamos con empanadas de barro en las manos. En los árboles había manzanas. También teníamos un mantel blanco con flores amarillas. Nos estábamos riendo bajo el sol. Lo puso sobre su velador. Esa noche me empezó la fiebre. A los pocos días se había sumado la tos y los mocos. Me prohibieron salir. Me pasaba el día caminando y mirando por la ventana. En las tardes me sentía un poco mejor pero en las madrugadas no paraba de toser.

Era de noche y estaba con fiebre. Mi pijama estaba mojado. Escuché ruidos pero me costó despertar.

Cuando logré sentarme en la cama me di cuenta que Julia no estaba en la pieza. Volví a escuchar los ruidos, venían del comedor. Pensé en los enanos y después en que Julia podía estar en peligro. Nunca me dejaba sola en la pieza de noche, ni siquiera cuando le dolía la guata. Me asusté. Abrí la puerta intentando no hacer ruido. Caminé por el pasillo. Estaba transpirando, pero sentía frío, como si todas las ventanas estuvieran abiertas. Mi espalda congelada. Escuché a los enanos revolviendo las torres de libros. Susurré el nombre de Julia varias veces y no me respondió. Cuando me asomé estaba a punto de gritar pero me di cuenta de que no eran los enanos, vi que mis papás y Julia estaban metiendo cosas en una bolsa de basura. La radio, un poco de ropa, las libretas de mi papá, el cuadro de Julia, su diccionario y a Ramona que habían sacado de mi cama sin que me diera cuenta. Las luces estaban apagadas y se movían rápido. La salamandra estaba prendida y pude reconocer que además de leña se estaban quemando algunas libretas y libros. Cuando hablé me hicieron callar al mismo tiempo y Julia corrió a abrazarme. Me dijo al oído que el águila andaba cerca. Lloré porque me asusté mucho. Mi papá me pidió que respirara profundo y me explicó que no me habían despertado porque sabían que no me sentía bien. Lo abracé fuerte y después fui a buscar mi parka a la pieza. No dejaron que tomara nada más. No pude ir por los dibujos que estaban escondidos en la cañería.

Esa última noche, los arbustos estaban escarchados y no se escuchaban grillos. Tampoco se veían estrellas. Las hojas formaban una capa resbalosa y las zapatillas se nos iban mojando a cada paso. Mi mamá alumbró el pino quemado, el tilo, el montículo de tierra y el alambre de púa. Caminamos en fila hasta llegar al nogal. Mi mamá me tomó en brazos mientras mi papá llevaba algunos parlantes de vinilo y la bolsa de basura. Julia traía una mochila con un poco de nuestra ropa. El taxi hizo cambio de luces. Estaba escondido entre unos matorrales. Nos subimos los cuatro. En el asiento del piloto estaba el taxista. Estiró su mano para saludarnos, estaba húmeda. Dijo que se llamaba Jorge y actuó como si nunca nos hubiera visto apoyadas en la ventana. Nosotras no le dijimos nada porque estábamos asustadas. El taxi tenía mucho olor a cigarro. En el maletero pusieron la bolsa de basura y los parlantes de vinilo en los pies. Mis papás se enrollaron bufandas hasta que cubrieron casi todo su rostro. Mi papá iba sentado en el asiento del copiloto. Fuimos por caminos de tierra hasta que salimos a una carretera igual de oscura. Mi mamá nos tapó con una frazada y nos hizo cariño en el pelo mientras que mi papá miraba fijo el camino y el taxista manejaba concentrado, mirando su reloj plateado cada tanto. Escuché la voz dulce de mi mamá, me decía al oído, mientras me hacía cariño: Descansa, chiquitita, todo está bien. Vamos de paseo. Descansa. Y yo me quedé dormida.

Capítulo dos

I

En el pasaje había trece casas y seis ciruelos flacos. Las bases de los troncos estaban cubiertas de cal para que las hormigas no subieran a comerse la fruta. Cuando amanecía con neblina, apenas se veían las casas del frente y las ramas del parrón viejo iban apareciendo como esqueletos suspendidos en el fondo del patio. Todas las casas tenían escalera. La nuestra era la café con el timbre malo.

Mi mamá se presentó con los vecinos como María Beatriz y les dijo que veníamos llegando desde Puerto Williams porque a su esposo Óscar le habían ofrecido un nuevo trabajo. Mi papá sonreía y asentía al lado. Nosotras los espiábamos desde la ventana de su pieza que tenía un closet del tamaño de la pared.

El día que llegamos al pasaje mi papá compró por primera vez en el negocio que quedaba frente a la cancha. Comimos unas empanadas sentados en la escalera. Me devoré dos de carne, eran casi tan sabrosas como las que hacíamos en Las Petizas Olorosas. Julia me pasó sus pasas, yo dejé el huevo duro para el final y mi papá se quedó por mucho rato jugando con el cuesco de la aceituna dentro de su boca. Mi mamá no tenía hambre. Desde las escaleras escuchábamos la alarma de los bomberos, los perros que merodeaban la cancha, las campanadas de la iglesia, al vendedor de gas y de leche. La primera en hablar fue Julia.

—¿Cuándo vamos a volver al bosque?

Mi papá dejó caer el cuesco de aceituna sobre su mano. Mi mamá suspiró.

—¿Hoy en la noche? —insistió Julia.

—Todavía no podemos, chiquitita, pero te prometo que pronto estaremos rodeados de árboles de nuevo — mi mamá tenía unas ojeras enormes, su voz seguía siendo suave.

A lo lejos se empezaron a escuchar gritos y, de vez en cuando, el silbato de un árbitro. Cuando estaba terminando de comer el borde de su segunda empanada, Julia volvió a preguntar.

—¿Nos tuvimos que venir por culpa del taxista?

—No, para nada. Jorge es nuestro amigo. Es una buena persona, generosa, y siempre se preocupa por nosotros, nos cuida —contestó mi papá.

—Pero los sobres que trae son malos porque los hacen llorar —dije mientras miraba a mi mamá.

—No, chiquitita, eso es porque cuando me canso mucho me dan ganas de llorar, y algunos días tengo que dar varias vueltas en la ciudad por el trabajo —me respondió con los ojos llorosos. Mi papá le tomó la mano.

—Todavía está un poco cansada la mami.

—¿Por qué nos tiene que cuidar? —pregunté.

—Porque todos necesitamos que alguien nos cuide, nosotros las cuidamos a ustedes y Jorge nos cuida a nosotros. Así funciona la vida, así todos podemos vivir tranquilos en una cadena de cuidados —respondió mi papá tratando de sonreír.

—Pero Jorge es pesado, nunca nos saluda —alegué.

—Es Mónica la que nos cuida a nosotras, ¿verdad, papá? —aclaró Julia con seguridad.

—Sí, pero ahora no va a poder venir tan seguido porque está cuidando a otra persona —respondió él.

—¿A quién? —preguntó Julia enojada.

—A una hermana —contestó mi mamá rápido.

—Mónica tiene dos hermanos —replicó Julia.

—A una amiga que necesita de su ayuda ahora, después va a volver, sean pacientes, ¿bueno? Aquí también hay cosas entretenidas que hacer, después van a ir a la escuela y tener amigos, no pierdan la paciencia tan rápido— dijo mi papá tratando de dar por cerrado el tema.

—No quiero vivir aquí —insistió Julia a punto de llorar.

—Yo tampoco —dije con la primera lágrima.

En ese momento mi mamá se paró y subió los escalones que la separaban del segundo piso. Escuchamos un portazo.

—¿Por qué no juegan a tirarse por las escaleras con su colchón? —propuso mi papá de repente. Nosotras no le contestamos.

Mi papá insistió.

—¿Quieres probar, Anaconda?, ¿Julia?

Nos pusimos a llorar. Entonces él se paró rápido, como si le hubiera dolido la guata de repente y necesitara llegar urgente al baño. Subió los escalones de tres en tres. Volvió con el colchón y antes de que pudiéramos decirle algo, lo apoyó al borde de la escalera, se sentó sobre él, se dio un empujón en la pared con las manos y se lanzó gritando: ¡Cuidado con el camello! Tuvimos que pararnos y saltar para que no arrasara con nosotras por el desierto. Voló todo desde el bolsillo de su camisa. Al llegar abajo, se rio fuerte mientras recogía el lápiz y la libreta negra con sus manos venosas. Después tomó el colchón y pasó delante de nosotras como si fuéramos un par de fantasmas, subió las escaleras y antes de apoyar el colchón nuevamente en el borde nos miró.

—¡Ah! ¡Al fin llegaron mis jinetes favoritas! ¡Bastante atrasadas para este día tan importante! ¿Quieren subirse al hipopótamo? —nos preguntó, ahora con una sonrisa.

Al comienzo nos tiramos llorando pero después nos gustó. El colchón no dejaba de soltar polvo mientras se transformaba en ballena, avestruz, caballo y dinosaurio. Las escaleras fueron montaña, mar, selva y tormenta eléctrica. Mi papá tuvo que ayudar a tantos animales que terminó con la camisa mojada de transpiración. Con el dinosaurio nos pidió ayuda para esquivar la lava que bajaba del volcán prehistórico. Cuando ya teníamos los cachetes a punto de estallar de tanto calor, mi mamá volvió de la pieza y se lanzó con nosotras. Apenas cabíamos en el barco y ella se terminó cayendo de poto al mar. Nos reímos.

Después salió de la casa a buscar cigarros y pasó la noche sentada en la escalera. Hacía mucho frío sin la salamandra, con Julia podíamos jugar a que salía humo de nuestros cigarros hechos de papel.

La misma noche que nos fuimos del bosque y llegamos al pasaje, mi mamá me llevaba en brazos cubierta con una frazada. Ramona estaba en mi mano. Julia iba al lado de mi papá que llevaba la bolsa de basura y los parlantes de vinilo. Abrieron la puerta de la casa café con una llave que Jorge les pasó antes de que nos bajáramos del taxi. En el primer piso alcancé a distinguir el colchón en el suelo. No prendieron las luces. Mi mamá nos tomó de la mano y subimos las escaleras de madera que crujían como las ramas del bosque. Nos mostró la que sería nuestra pieza, era grande y oscura. Nuestra ropa se ensuciaba al rozar las paredes. Había unos pedazos de cartones sucios tirados en el suelo. El olor era espeso, una mezcla de tierra con oscuridad. Estaba amaneciendo y hacía mucho frío, nuestra ropa estaba húmeda. Nos asomamos por la ventana que daba a un patio que tenía maleza y un parrón muerto. La pintura de las paredes y el techo estaba descascarada y formaba mapas de lugares aún desconocidos. De debajo de los cartones salieron un par de arañas que mi mamá mató aunque Julia le rogó que no lo hiciera. Mi papá subió el colchón al segundo piso, nos acomodó sobre él y nos cubrió con una frazada. Nos dio un beso y nos pidió que durmiéramos mientras ellos limpiaban un poco la casa. Con Julia lo quedamos mirando sin entender. Había dicho «La casa». Nos dio un beso a cada una en la frente y bajó al primer piso. Julia me abrazó fuerte y me fui quedando dormida mientras miraba los mapas.

II

Hoy no me quiso ayudar en la investigación y se dedicó a atrapar arañas que guardó en frascos con algodón húmedo. Me dijo que los enanos jamás vendrían a nuestro patio, que era un cementerio de plantas. Que se iban a herir y enredar con las malezas de espinas. Que ya se había cansado de dejarles mensajes de comida y de papel en la escalera, en el baño, en la rama del parrón y en un macetero roto. Que ella no creía en los ángeles así es que ya no iba a esperar la visita de nadie.

—Además, nuestro timbre ni siquiera funciona, Anaconda, ¿cómo quieres que vengan a visitarnos? Aquí no hay ningún tubo de salamandra en el techo, solo hay caca de palomas. Ni Mónica quiere venir —me dijo enojada.

Las arañas apenas podían levantar sus patas que se enredaban en el algodón. Salimos a recolectar insectos para que no pasaran hambre. Al comienzo nos costó encontrar, pero después de explorar el patio varias veces descubrimos que debajo de los maceteros abandonados construían sus casas. Algunos hacían túneles tan profundos que llegaban al bosque. Dejábamos los frascos lejos de los pies de mi mamá.

Le pedí que me hiciera un mapa de Los Ángeles. Había calles, un estero, y en el centro, la Plaza de Armas con la catedral, el banco y el liceo de hombres. Cerca del pasaje teníamos tres paraderos de micros que en las mañanas se llenaban. Nuestra casa quedaba a dieciocho cuadras de la Plaza de Armas y se cruzaba la línea del tren para llegar. Entre la línea del tren y la plaza, había un mercado donde compraríamos frutas y verduras. Mi papá no podía robarlas porque en la noche cerraban todo con candados. La señora del puesto de la esquina me regalaba un plátano cada vez que me veía pasar porque decía que mis ojos eran grandes y bonitos. Mientras dibujaba me explicó que existía el toque de queda, que siempre empezaba en la tarde y terminaba en la madrugada. Las luces que iluminaban las veredas tenían forma de ojos con pestañas rectas, como los barrotes de una reja. Usé el método que me había enseñado Mónica para avanzar en mi investigación. Estaba sentada en el primer escalón, mi papá al lado con su libreta en la mano dibujaba concentrado las estatuas de la plaza que se veían diminutas sobre el papel.

—¿Y podemos salir una noche a escondidas?

—No, nosotros no podemos hacer eso.

—¿Por qué?

—Porque ellos deciden todas las reglas en este momento.

—¿Y cómo podíamos en el bosque?

—¿En qué quedamos, Anaconda?

—En que no puedo hablar del bosque por un tiempo.

—Eso.

—¿Y el puma viene a veces?

—No, le dan miedo los autos.

—¿Y el águila?

—No, Pinochet vive en Santiago, en una casa que queda a muchos kilómetros de distancia.

Escribió en un borde de la hoja 520 km y al lado hizo el dibujo de un águila con lentes oscuros.

—¿Es grande su casa?

—Supongo, tiene varias.

—¿Tiene animales?

—Puede ser, no las conozco. Un perro, probablemente.

—Debe ser un perro gigante con muchos colmillos que se mueven cuando ladra.

—Un perro normal, Anaconda.

—¿A veces viene de paseo?

—Sí, siempre está viajando.

—¿Los militares son todos hombres?

—La gran mayoría, ¿podemos volver al mapa?, ¿qué más quieres que te muestre?

—¡Los parques! ¿Y van a la escuela?

Mi papá dibujaba unos círculos con árboles que eran un palo con muchas ramas chuecas y algunas hojas que parecían gotas.

—Sí, tienen unas escuelas especiales donde los entrenan.

—¿Y hay militares de seis años?

—No, Anaconda, los militares tienen por lo menos dieciséis. Mira, por esta calle hay un edificio que tiene balcones triangulares.

—Qué bonito, ¿y les gusta vigilarnos?

—Ellos obedecen órdenes, para eso estudian. Y aquí está la escuela de Julia, ¿ves?

Reconocí el edificio de tres pisos. Asentí.

Me guardé las preguntas importantes para el final:

—Papá, ¿por qué la ciudad se llama Los Ángeles?, ¿nos van a salir alas?

—No, Anaconda, qué tiene que ver, concéntrate por favor.

—¿Pero viven ángeles en algunas casas?

Mi papá suspiró molesto y cerró su libreta.

—Escúchame, por favor, que no quiero andarte repitiendo las cosas como loro, hasta los pájaros tienen prohibido moverse de rama —mi papá volvió a suspirar—. Las luciérnagas están escondidas bajo la tierra, por eso no las ves, pero no te preocupes, van a volver a salir algún día —dijo antes de subir las escaleras y caminar como un zombie por el pasillo.

A los dos días me dejó bajo la almohada un dibujo del puma con el perro de collar rojo: en vez de estar pescando en el río, estaban viendo estrellas sentados en el techo de una fábrica de la que salía humo verde. El puma tenía una mirada tierna pero yo me puse a llorar al verlo porque recordé todos los dibujos que no pude rescatar. Julia me abrazó y me dijo que estaba segura que los enanos habían encontrado la cañería secreta y que los dibujos estaban colgados en las paredes de nuestra casa. Y que en las tardes salían a recolectar comida por el bosque para hacer sus banquetes con velas y música. Nuestra casa era ahora un castillo gigante para ellos.

Mi papá llegaba todos los días cansado. Con Julia lo teníamos que ayudar a cocinar, a barrer y a colgar la ropa. Yo trataba de dormir pero no podía así es que me dedicaba a mirar los mapas de las paredes. Me iba imaginando los lugares a los que me llevaban. Julia leía en voz alta palabras que encontraba en su diccionario y cuando por fin se quedaba dormida, me pegaba patadas. Los parlantes de vinilo seguían arrumados en una esquina del primer piso. Estaban cubiertos de polvo.

III

En la casa de persianas vivía el señor que intercambiaba dulces de colores por besos. En la casa con jardín de flores, las mellizas. Tenían un perro grande y peludo que se llamaba Max. Mientras ellas salían de paseo en sus bicicletas blancas de rueditas, nosotras aprovechábamos de jugar a las emergencias con él. Julia era la doctora, Ramona la enfermera y yo, la chofer de la ambulancia. Le revisábamos el hocico, las patas, la cola y la guata antes de darle un diagnóstico. A veces se había caído de un puente, otras, estaba atrapado debajo de un edificio después de un terremoto o había comido veneno para ratones sin darse cuenta. Max nos llamaba y nosotras llegábamos en menos de un minuto para rescatarlo. Julia anotaba los remedios que tenía que tomar en un pedazo de papel. La mamá de las mellizas nos espiaba desde el segundo piso de su casa. Abría la cortina y se asomaba para mirar qué hacíamos con su perro. Tenía el pelo amarrado con un moño y los ojos pintados. Max nos pagaba con múltiples lengüetazos y movimientos de cola.

Cuando escuchábamos el auto de papá corríamos de vuelta a la casa. Subíamos las escaleras y tomábamos lo que hubiera a mano: lápices, papeles o la bolsa plástica donde guardábamos el rompecabezas de bosque que le regalaron a Julia para que volviera a hablar. Nos acomodábamos en el suelo, cerca de la pared que tenía una mancha de humedad con forma de murciélago. Mi papá abría nuestra puerta, sonreía y preguntaba que cómo estábamos, que cómo habíamos pasado el día. Nosotras le sonreíamos de vuelta con los cachetes rojos y respondíamos con la respiración agitada.

—Haciendo el rompecabezas, papá.

—Dibujando, papá.

—Estudiando, papá.

Él se quedaba en el umbral asintiendo mientras nuestra transpiración caía por la frente. Y comentaba:

—Todo tranquilo, entonces, ¿ninguna novedad?

—Ninguna, papá.

Nos miraba con un dejo de sospecha pero no seguía averiguando, se iba al baño y se lavaba la cara antes de pedirnos que le ayudáramos a preparar la comida. Mientras cocinábamos nos compartía cosas de su día, que se había subido por un ascensor que tenía espejos, que había pasado por fuera de una tienda donde vendían gorros y que cerca de la plaza estaban terminando de contruir un hotel con estacionamientos bajo tierra. Mientras iba describiendo los lugares, yo iba imaginando que Max se subía al ascensor, que nosotras nos probábamos cientos de gorros o que mi mamá estaba escondida en el estacionamiento, fumando dentro de un auto. En la casa del pasaje guardaba sus cajetillas en el primer cajón del clóset de su pieza, junto con los calzones. Los compraba en el negocio que quedaba frente a la cancha.

Nuestro auto era blanco y le costaba acelerar en las subidas. Tenía un hoyo en los pies del copiloto. Mi papá se lo compró a Raúl, que tenía la nariz grande, los ojos azules como el bisabuelo raptado y usaba un pañuelo rojo en el cuello. A veces nos mandaba regalos. Como una silla de madera para que se sentara

Ramona que él mismo hizo y pintó. También nos mandaba animales hechos con migas de pan y agua. Una tortuga, un elefante y un cocodrilo. Raúl era arquitecto y tenía su oficina en el centro. Nosotras queríamos conocerlo. Ellos decían que cuando estuviera todo más tranquilo.

IV

El mapa que había en la pared del baño indicaba cómo llegar a la casa del águila que estaba al final de la tierra, en la Gran Montaña Nevada del Sur. El mapa tenía pintura descascarada verde, celeste y blanca. Tomé un lápiz de mina y fui ordenando el recorrido con flechas, igual como hacía mi mamá con las caminatas nocturnas al nogal. Para llegar había que subirse al tren, cruzar el lago y caminar por la nieve hasta la cima que en la pared estaba representada por una mancha de pintura verde. El águila tenía siete perros peludos, dos cocodrilos mellizos y un tiburón de escamas negras. Dormía en una cueva de piedras brillantes. Las piedras le hablaban en los sueños y le revelaban secretos como, por ejemplo, que nuestra casa era café porque estaba hecha de chocolate. Había que caminar con mucho cuidado porque tenía las garras afiladas y buena vista. Le mostré el mapa a Julia y le propuse que me ayudara con el que estaba en el techo de nuestra pieza, pero a ella solo le interesaba buscar palabras en el diccionario. Le pedí si me podía buscar una. Estuvo de acuerdo y pasó su dedo sobre distintas páginas hasta que se detuvo debajo de una, y leyó lento, en voz alta.

—Ave rapaz diurna, de ochenta a noventa centímetros de altura, con pico recto en la base y corvo en la punta, cabeza y tarsos vestidos de plumas, cola redondeada casi cubierta por las alas, de vista muy perspicaz, fuerte musculatura y vuelo rapidísimo.

—¿Noventa centímetros es como desde acá hasta allá? —le indiqué el espacio entre mi cabeza y el techo.

—No sé, yo creo que más, como dos casas puestas, una arriba de la otra.

—¿O sea que cuando vuela el águila cubre todo el cielo?

—El cielo es infinito, Anaconda.

—¿Qué es un tarso?

Julia volvió a buscar entre las páginas de su libro.

—Es un macizo óseo ubicado en la mitad posterior del pie (retro-pie). Está formado por siete huesos agrupados en dos filas, una anterior y otra posterior. La fila posterior constituida por astrágalo y calcáneo, y la fila anterior formada por navicular, cuboides y tres cuñas.

—No entendí nada.

Julia se encogió de hombros.

—Yo tampoco, dime otra más fácil.

—Chocolate.

Julia empezó a retroceder las hojas hasta llegar a la c, que era su letra favorita.

Yo por mientras pensaba que me tendría que hacer un vestido de plumas para el viaje a la Gran Montaña Nevada del Sur. Así el águila creería que era su hija. Y hasta me dejaría comer un poco del helado de frutilla que tenía escondido al fondo de la cueva de piedras.

V

El señor que intercambiaba dulces de colores por besos tenía un hijo y un gato con cara de lobo que se pasaba los días rasguñando los muebles. El hijo usaba lentes grandes, buzos azules y zapatillas blancas. Tomaba Coca-Cola de un litro directo de la botella y comía cocadas que compraba en el negocio del frente de la cancha. Era más delgado que mi papá y se cortaba el pelo corto. A veces el señor de los dulces y su hijo discutían porque querían ver distintos programas en la televisión. Esos días se escuchaban gritos y portazos que daba el hijo. El señor de los dulces era fanático de un programa donde se regalaban paquetes de arroz, tortas, y líquidos de limpieza a mujeres que tenían que cantar o contar chistes. También habían modelos que presentaban los productos que se iban a rifar con escote y vestidos cortos. El animador primero se burlaba del público y después les exigía que gritaran más fuerte. A las modelos las abrazaba y les daba besos en el cuello. El programa siempre terminaba con un gran aplauso para el animador que vivía en una mansión en Miami. En el patio de su casa el señor de los dulces tenía plantas de lavanda y cada tanto nos invitaba a verlas pero Julia inventaba que era alérgica, que las flores le hacían salir ronchas en la piel y le mostraba las picaduras de zancudo que tenía en los brazos. A Julia nunca se le notaba cuando estaba mintiendo, igual que a mi mamá cuando jugaba cartas. El gato siempre se asomaba por la cortina. La tenía toda rasguñada y a veces maullaba como si estuviera loco. Sobre todo si había luna llena. Era negro y se llamaba Fabio. No podíamos jugar a las emergencias con él porque era muy llevado a sus ideas, odiaba seguir las reglas. Julia creía que había que vigilarlo para que no se transformara en un hombre lobo. Cuando Fabio lograba escaparse por entre los barrotes de la ventana, jugaba tranquilo en el pasaje hasta que escucha los ladridos de Max y corría a esconderse debajo del furgón amarillo de la casa blanca. El señor de los dulces salía a buscarlo y usaba su bastón de madera para sacarlo de detrás de las ruedas.

En la Plaza de Armas había una fuente de agua y varias estatuas de héroes de la patria. Mi mamá me explicó que todos esos hombres con patillas, espadas y caballos, firmaron cosas para tener más dinero, mataron a otros hombres para demostrar su fuerza o pusieron la bandera de España y Chile en territorios que invadieron sin remordimiento. Los nombres de las calles del centro eran de ellos, de apellidos ingleses y españoles. Al frente de la plaza había una heladería con muchos sabores y la opción de helado con cubierta de chocolate.

—Los nombres del centro son de todos los delincuentes que tiene nuestra historia —afirmaba una y otra vez mi mamá mientras yo me quedaba completamente hipnotizada mirando los helados de colores. Los días en que me iba bien, me compraba uno de máquina. Los de la vitrina costaban el triple. Mi parte favorita era llegar al barquillo y tratar de que no se cayera ningún pedazo con las mordidas. En las bancas de la plaza se sentaba gente a conversar o a leer el diario donde siempre había fotos del águila con lentes oscuros. Las compras de helados eran secretas, mi mamá me hacía prometerle que no contaría nada en la casa. Jamás rompí esa promesa porque era rico tener la boca llena de chocolate mezclado con vainilla.

Algunos militares caminaban por el centro con la cara pintada de verde, como si estuvieran en la selva o en un pantano lleno de cocodrilos. Eran iguales a los dibujos que nos había hecho mi papá. Otros usaban pantalones cafés, lentes oscuros y chaqueta de cuero negra. Esos eran los más peligrosos porque pasaban buscando gente para llevársela. Mi papá nos dibujó el modelo del auto para que nunca pasáramos cerca de ellos.

—El Opala —repetía en voz alta como un secreto mientras iba dibujando el capó alargado—. Es mejor que cambien de dirección si lo ven, ojalá en la dirección contraria que venga el auto o que directamente crucen la calle rápido hasta alejarse varios metros.

Cuando nos daba las instrucciones, parecía que nosotras hacíamos grandes recorridos por la ciudad cuando en realidad no nos dejaban caminar solas más allá de la escuela de Julia, que quedaba exactamente a cinco cuadras de distancia en línea recta desde la cancha. Los hombres de chaqueta de cuero frenaban cerca de ti, te empujaban adentro del auto y si te tratabas de resistir, te obligan apuntándote con una pistola.

Una semana vimos dos Opala. Uno frente al negocio de la cancha y otro, estacionado cerca de la línea del tren. El del frente del negocio se detuvo un momento y se bajó un hombre de chaqueta de cuero negra a comprar varias cajetillas de cigarro. Con Julia salimos rápido y caminamos en la dirección contraria, alejándonos del pasaje. El de cerca de la línea del tren, estaba estacionado. No vimos a nadie dentro del auto. Igual nos alejamos. Haciendo esas pequeñas variaciones en nuestro recorrido, pudimos ir conociendo un poco más de nuestro barrio. Había un taller mecánico, una zapatería, una panadería que vendía berlines fritos y un kiosco donde tenían colgadas revistas. Al poco tiempo, nos dimos cuenta que si le inventábamos a nuestros papás que habíamos visto a un grupo de militares, o a un Opala en nuestro recorrido, podríamos alargar nuestras salidas. Así es que Julia era la encargada de decirles cuándo y qué habíamos visto. La orientación de mi hermana era infalible, siempre lograba entender dónde estábamos en relación a la casa. En cambio para mí siempre fue una abstracción la existencia de los puntos cardinales. Cada vez que alguien me intentaba explicar, mi cabeza se iba a otra parte y dejaba de escuchar las instrucciones, como si las metiera dentro de un vaso de agua.

VI

Cuando nos fuimos a Concepción Julia aprendió a fumar y dar besos. En la sala de clases, se sentaba en diagonal a Ernesto, que era bueno para conversar y jugar a la pelota en los recreos. En vez de estuche, él usaba un elástico para juntar sus lápices y los metía dentro de su mochila que se cerraba con un alfiler de gancho porque era vieja y tenía el cierre roto. Cuando se aburría, jugaba con el elástico de los lápices. A veces se le escapaba de las manos y terminaba en la cara o cuerpo de algún compañero. Tenía anotaciones negativas por hablador. Sin embargo, sobre sus padres no hablaba mucho. Habían desaparecido hacía un tiempo y él ya estaba convencido de que no volverían. Pero Julia no sabía mucho más.

No estudiaba, pero le iba bien. Eso sí. En las pruebas podía acordarse de las cosas que la profesora había anotado semanas antes en el pizarrón. Memoria de elefante. Julia estudiaba mucho para ponerse al día con todas las materias y cuando llegaba a la casa, me contaba cosas que habían pasado en los recreos. Juegos, peleas y romances.

Mi mochila era roja y se cerraba con un botón negro. Adentro guardaba un cuaderno, un estuche con lápices de colores y una bolsa de tela con elástico para mis colaciones. Un pan con mantequilla, una manzana, un membrillo o un plátano. Cuando Julia empezó a ir a la escuela, yo acompañaba a mi mamá al centro a hacer trámites y otros días, ella me dejaba encargada en un lugar por unas horas. Así fue como conocí la biblioteca municipal, la sala de espera de un laboratorio donde sacaban sangre, la fotocopiadora y la peluquería de Aidé que estaba en la galería. Varias veces la acompañé al correo. Ese era mi lugar favorito pero ella insistía en que era imposible que me quedara ahí, porque transitaba demasiada gente y no tenía a nadie a quien pedirle que me cuidara. Había una pared grande de cajas metálicas con llave, pequeñas casillas donde personas iban a buscar su correspondencia, siempre había alguien sacando una pequeña llave que hacía que la puerta, que no tenía la altura de un enano, se abriera. Todo lo que estaba adentro venía enrollado con elásticos, a veces salía una revista o un paquete. Las direcciones que anotaba mi mamá en los sobres iban cambiando aunque ella me insistía en que se escribía con una amiga de la infancia que vivía en el norte, en un pueblo cerca de la frontera con Perú. En vez de cartas escritas por ella, metía pedazos de revistas o folletos dentro de un sobre blanco. Yo era la encargada de pegar las estampillas. Un día se me ocurrió una idea: le dije que con Julia le podríamos escribir cartas a Mónica, ella dudó un segundo pero después me aseguró que se iba a conseguir su dirección.

La peluquería de Aidé tenía un letrero rojo colgado en la puerta de vidrio y una silla grande de cuero donde podía girar hasta marearme. Cuando me miraba en el espejo después de dar vueltas, me veía doble. La señora Aidé le daba agua de manzanilla a mi mamá y para mí tenía guardados unos dulces de anís que amaba morder, aunque mi mamá decía que por favor me cuidara los dientes de las caries. Yo esperaba su distracción para dar un gran golpe molar en el centro del dulce con la esperanza que se fracturara en pequeños pedazos que podía seguir mordiendo sin ser advertida. En la peluquería había tres espejos, muchas revistas viejas y algunos clientes. También había afiches en las paredes de mujeres con chasquillas grandes o pelo suelto al viento. Todas estaban maquilladas y sonriendo. A veces mi mamá entraba a la peluquería con una cartera y salía con otra. O entraba con una chaqueta azul y se llevaba puesta una gris. Cuando le decía que se había equivocado, me contestaba que no había problema, que era un juego que tenían con Aidé, pero cuando una mañana le pedí que me contara en detalle las reglas del juego, ella cambió el tema y me preguntó si tenía hambre. Lo intenté un par de veces más, pero siempre me terminaba hablando de otras cosas, como, por ejemplo, que los primeros buzones de correo habían llegado en barco desde Alemania y Francia, o prometiéndome otras, como que pronto conoceríamos el mar.

Algunos tardes jugábamos a las secretarias. Julia contestaba el teléfono que era un rollo de papel confort y usaba tarjetas de presentación que hacía con las hojas de sus cuadernos. Yo iba anotando cosas que me deletreaba lento para que no me equivocara al escribir. Para contestar el teléfono mi hermana ponía una voz aguda que era igual a la que usaba mi mamá cuando era María Beatriz. Trabajábamos en una oficina que vendía todo tipo de cosas, desde sobres hasta techos. Cuando un cliente nos pagaba, nos llegaba un sobre cerrado con lentejas adentro.

VII

El mapa de nuestra pieza indicaba cómo llegar a la casa de Mónica en bicicleta. Había que pedalear de noche por el bosque pero no era peligroso porque habían muchas luciérnagas que hacían brillar las hojas de los árboles. Antes de llegar el río, estaba la cueva del conejo lunar, para entrar se le tenía que entregar un regalo, un gorro de lana para que no le dolieran sus oídos en el invierno. El conejo lunar te guiaba con sus ojos de linterna hasta el túnel secreto que era un tobogán que atravesaba la tierra. Se llegaba con la ropa embarrada a la fábrica de salchichas con forma de pulpo, ahí se podía comer y dormir. Al otro día se caminaba por el puente de azúcar con cuidado de no trizarlo, y al final estaba la pieza de Mónica que tenía una cama con olor a frutilla y una chimenea gigante con leña del bosque. Antes de acostarnos le mostré a Julia el mapa que estaba en el techo, arriba de nuestro colchón, me felicitó y me dijo que lo íbamos a usar un día. Así es que en la mañana le hice de regalo una réplica en papel que se la quise dejar de sorpresa entre medio de su diccionario, pero cuando abrí el libro pasé a llevar un vaso de agua que cayó sobre las páginas de la letra C. Lo traté de secar con una toalla. El papel se llenó de ondas, como pasaba con los sobres húmedos. Cuando llegó de la escuela tuve que salir corriendo de la pieza y bajar las escaleras rápido. Ella venía tras de mí, furiosa. Algunas hojas de su letra favorita eran ilegibles. Me persiguió por el primer piso. Yo me puse detrás de los parlantes de vinilos para protegerme de sus manotazos pero los pasé a llevar, uno se cayó al suelo y con el golpe se abrió en dos. Entonces nos quedamos quietas porque vimos que adentro en vez de cables había algo envuelto en una tela azul. Era pesado. Cuando descubrimos la tela vimos la pistola negra y una bolsa plástica con balas. Antes de que llegaran mis papás, tocamos la pistola, apuntamos y sacamos las balas para mirarlas de cerca. No teníamos chimenea ni bosque pero habían llegado hasta el pasaje. Después devolvimos todo a su lugar, y cambiamos de orden los parlantes para que no se notara que había uno roto. El plan era irnos a acostar temprano. Cuando estábamos a punto de apagar la luz, entraron mis papás a la pieza. Antes de que mi mamá hablara, les expliqué.

—Fueron los enanos.

—¿Qué? —preguntó mi mamá enojada, su voz era grave.

—¿Qué enanos, Anaconda? —volvió a preguntar mi mamá furiosa.

—Unos que vinieron de Europa en barco —se adelantó Julia.

—Ellos la escondieron en el parlante —agregué.

—¿Qué enanos, qué barco? —preguntó mi mamá sin entender.

—¿Y viven acá? —nos miró mi papá serio.

—Viven con nosotros desde el bosque —dijo Julia—, allá cambiaban las cosas, los discos y los libros. Pregúntenle a Mónica, ella ya sabía... la noche que no encontramos las hojas de *Las aventuras de la hormiga roja* empezamos a averiguar y los descubrimos...

Mis papás se miraron.

—¿Te dan miedo los enanos? —me preguntó mi mamá volviendo a su tono de voz suave.

—No, me encantan —dije con honestidad.

—¿Y a ti? —le preguntó mi papá a Julia. Julia se encogió de hombros.

—Entonces les podemos hacer una cama con una caja de cartón para que vivan con nosotros para siempre —dijo mi mamá sonriendo.

—¿Y por qué nos pusieron una pistola? —preguntó Julia.

—¿Por qué no? —dijo mi papá mirando a mi mamá.

—No se preocupen, es una pistola de juguete, de esas que tiran agua —dijo mi mamá sin quitarle la mirada a Julia. El tono que usó fue exactamente igual al que usaba cuando mentía jugando cartas.

Al día siguiente intentó hacernos las salchichas con forma de pulpo pero como no sabía cortarlas terminó por hacer pedazos todos los tentáculos. Para que no nos diéramos cuenta mezcló todo con un par de huevos. Julia no quiso comer. Yo me comí su porción y le pregunté si ya había averiguado la dirección de Mónica. Ella me aseguró que lo único que sabía era que ahora vivía más al sur, muy cerca de donde tenía su casa el bisabuelo. Y que probablemente no volvería muy pronto. A Julia le gustó la idea de empezar a escribirle cartas y propuso que primero hiciéramos una lista de cosas que queríamos contarle, para que no se me fuera a olvidar nada.

Preguntarle sobre su amiga, ¿es simpática?, ¿cómo se llama?, ¿por qué la está cuidando?, ¿está enferma?

Preguntarle sobre los colores de su pieza.

Hacerle un dibujo del pasaje.

Contarle que el águila tiene muchas casas y animales gigantes.

Contarle de las zapatillas nuevas de Julia.

Contarle que se me cayó otro diente mientras comía un membrillo con sal.

Contarle de la señora que va a la biblioteca con tres lupas.

Hacerle un dibujo de Max.

Contarle que nuestros papás nos mintieron sobre la pistola y que los enanos no la pusieron en el parlante.

Yo me encargué de hacer todos los dibujos en mi cuaderno, después recorté las dos hojas con una tijera para que no se fueran a romper. Julia escribió la carta y usó tres lápices de distintos colores. La firmamos con nuestros nombres falsos y, entre paréntesis, nuestras iniciales verdaderas. Andrea (J) y Marcela (A), las sobrinas endemoniadas. El sobre lo hicimos con un papel amarillo que le sacamos a mi papá. Y escribimos con letra grande Mónica, pero después nos arrepentimos, y escribimos su nombre falso: Verónica (M).

VIII

Mi papá traía las revistas de deportes y mi mamá las subrayaba en la mesa del comedor. Después las guardaban entre el clóset y la pared de su pieza. Con Julia las sacábamos cuando ellos salían. Las palabras subrayadas coincidían. Por ejemplo, dos, peso, salto, blanco. Solo era un artículo el que estaba subrayado en cada una. Entre medio, había fotografías de futbolistas corriendo, propagandas de zapatillas y mujeres con faldas cortas promocionando raquetas de tenis. Julia decía que las revistas funcionan como clave morse, que estaban subrayadas para entregar información secreta.

Jorge ahora entraba a la casa. Se había cortado el pelo y se vestía formal, con camisa y corbata. En vez de sobres, llegaba con periódicos. En una bolsa de papel traía pan caliente y para nosotras, berlines fritos. Era bastante más simpático de lo que había imaginado aunque no era muy bueno para preguntarnos cosas. Jorge ya no usaba su taxi, llegaba caminando y daba cinco golpes a la puerta. Nosotras teníamos prohibido abrirla. Un día que mi mamá subió a buscar las revistas de deportes, aproveché para preguntarle si era amigo de Mónica. Me contestó que la conocía y dio por terminada la conversación metiéndose un pedazo grande de pan a la boca que masticó con gran dedicación. Mi mamá le pasaba las revistas de deportes y él las escondía entre medio de los periódicos, como si fueran un suplemento. Cuando se reía, se empezaba a ahogar como cuando a mí me daban los ataques de risa nerviosa. Mi mamá le daba un vaso de agua que él apenas probaba porque decía que se le podía oxidar su hígado. Julia quería comprobar su identidad, pero nunca dejaba su billetera sobre la mesa, así es que tendríamos que haberlo asaltado un día camino al baño, pero sabíamos que nos descubrirían de inmediato y no tendríamos tiempo de revisar las pruebas. Julia decía que ella ya debía tener identificación porque todos sus compañeros de la escuela tenían carnet de identidad. Jorge llegaba temprano, muchas veces antes de que mi mamá despertara a Julia. Cuando estábamos nosotras, él hablaba de cosas en clave y los papás asentían cuando lo escuchaban. A veces mi papá tomaba algunas notas en su libreta, en las que cada día dibujaba menos.

Lo escuché decir:

—El gato puede rasguñar.

—No se secó la ropa aunque estuvo dos días afuera, a la intemperie.

—En el párrafo cuatro de la sección de fútbol, fue un gol.

—Se usan seis huevos y tres tazas de harina para que cuaje el asunto.

—En la calle del correo, al frente de la fotocopiadora, donde está el techo rojo, de ahí es el pan que les traje. Mañana vayan ustedes por él.

—Se cayó frente a la farmacia con los papeles.

Sus historias siempre se cortaban cuando recién estaban empezando.

Algunas noches mi mamá se quejaba de que el dolor de cabeza le estaba quemando los ojos y el cerebro, así es que en las mañanas además de salir con su cajetilla de cigarros, se llevaba siempre un termo con café. A mi papá no le dolía la cabeza pero a veces tosía tanto, que le sonaba un pito en el pecho. Él en vez de comprar tarros de café en el negocio, tenía que ir a una farmacia porque en los inviernos le daba asma. Mi mamá le pedía que respirara con calma pero él se empezaba a poner morado hasta que encontraba su inhalador. Mi mamá a veces llegaba con su ropa y zapatos embarrados como cuando caminábamos por el bosque en invierno. Esos días entraba directo al baño y dejaba todo en el canasto de la ropa sucia. Nosotras lo revisábamos antes de irnos a dormir. Nunca encontramos pistas en los bolsillos. A veces la ropa tenía un olor fuerte y metálico que hacía picar la nariz. Mi mamá nunca usaba falda ni zapatos con taco. Muy pocas veces maquillaje. Tampoco se pintaba las uñas. Algunas noches dejaba la ropa remojando en la tina. Después teníamos que ayudar a estrujarla y colgarla en el patio de maleza. Cada vez que me empezaba a doler la cabeza o me daba un poco de romadizo, mi papá me decía que no me podía volver a resfriar como cuando llegamos a la casa, porque entonces a ellos se le complicaría ir a trabajar y era muy importante cumplir con las obligaciones que cada uno de nosotros teníamos.

Hoy llegaron con una litera. Ahora podía alcanzar los mapas de pintura descascarada del techo. También colgar mi cuerpo flaco hasta rozar con mis manos el colchón de abajo. Cuando tocaba la superficie descascarada, caían laminas de pintura muy delgadas y suaves sobre el suelo o mis frazadas, las deshacía entre mis dedos hasta transformarlas en polvo de colores que teñían mi piel. Poco a poco, fui extendiendo mi campo de exploración, hasta usar palos para llegar a las zonas que estaban lejos de mi alcance. Cuando quería despertar a Julia, me movía como si estuviera temblando mientras le rozaba su cara con mis manos.

IX

Las mellizas tocaron la puerta de la casa. Les abrió mi mamá. Extendieron el brazo al mismo tiempo, en sus manos tenían una tarjeta. Las letras eran doradas sobre unos globos rosados:

Te invitamos a nuestra fiesta de cumpleaños.

Nos dejaron ir por un par de horas. Con Julia aprovechamos el tiempo y comimos de la torta rosada que tenía escrito sus nombres en la cubierta junto al número nueve. Había mucha gente, familiares y otros niños que corrían por todas partes. Nos tuvimos que presentar varias veces porque ninguno de los adultos nos conocía y todos querían saber hace cuánto que éramos amigas. Julia dijo que se llamaba Marcela, pero yo me olvidé de mirar mi pulsera, así es que les dije a todos que era Anaconda. Saltamos la cuerda, disfracé a Ramona varias veces pero no nos quisieron prestar sus patines nuevos de cuatro ruedas. En el living tenían una fotografía del águila con capa y lentes oscuros. Y otras fotografías de ellos cuatro en una cascada, en la playa, arriba de unos caballos y en Santiago, que era una depresión en la superficie de la tierra. Nos dieron un completo con palta. Y también Fanta. Tomé cuatro vasos y Julia tres. Mi mamá nos fue a buscar y puso una sonrisa tiesa cuando vio la fotografía colgada en la pared. Nos regalaron un pedazo de torta. Mi papá lengüeteó el plato.

El señor de los dulces de colores además de un beso les pedía un abrazo a las mellizas cuando se las encontraba en el pasaje. Para sacar los dulces había que meter la mano dentro del bolsillo de su pantalón. A mí me gustaban los de frutilla; a Julia, los de piña. Las mellizas se llamaban Carmen y Luz. Tenían el pelo largo y pecas. Además de jugo en polvo, comían coco rallado y papas fritas con Max. El papá de las mellizas lavaba su auto blanco todos los domingos con una manguera y una esponja con jabón. Tenía el pelo negro y si le daba sed gritaba para que le llevaran un vaso de bebida. Mientras lavaba el auto escuchaba música o partidos de fútbol. A veces le echaba agua a nuestro auto que siempre tenía polvo y caca de pájaro en el techo. Los domingos salía temprano a jugar fútbol a la cancha. Volvía a ducharse y después salían todos muy peinados a la iglesia. La mamá de las mellizas no manejaba. Cuando hacía calor, usaban vestidos o faldas iguales. A Julia no le gustaba el rosado ni los vestidos con vuelos. Tampoco los zapatos de charol negros. A mí me gustaban las zapatillas blancas de Julia. Le dimos pan añejo a Max para que no nos fuera a ladrar cuando sacamos sus bicicletas. Las tenían al lado de la puerta de entrada. A Julia le quedaba chica la de Carmen. Yo no sabía cómo frenar así es que choqué un par de veces la de Luz. Además de rueditas las bicicletas tenían un canasto y unas cintas rosadas que se movían cuando andábamos por la vereda. Dimos varias vueltas por la plaza. Hicimos volar a un grupo de palomas y una señora nos gritó:

—¡Cuidado, cabras de mierda!

No teníamos plata para comprar helados, pero los miramos. Julia dijo que la próxima vez probaría el de manjar. Yo, el de plátano. En la plaza había unos carabineros tocando trompetas y el tambor. No nos paramos a verlos. De la plaza fuimos andando por la vereda hasta llegar a la línea del tren y nos metimos por el borde. Las bicicletas se quedaban atascadas en el pasto seco así es que tuvimos que hacer un pedazo a pie. Al poco andar vimos una fogata con varios hombres que nos saludaron con las manos. Habían casas hechas con cartón y tablas. Saludamos de vuelta. Una mujer nos preguntó si teníamos hambre. Le dijimos que no, pero igual nos regaló dos panes calientes que estaban muy ricos. Cuando veníamos de vuelta al pasaje, nuestros papás estaban esperándonos. Las mellizas volvieron antes del paseo en patines y se pusieron a llorar porque no encontraron sus bicicletas. El señor de los dulces nos acusó y ellas corrieron a contarle a su papá que tocó la puerta de la casa para exigir una explicación. Nuestros papás dijeron que no tenían idea. El papá de las mellizas les aclaró que podíamos usar las bicicletas de sus hijas pero siempre y cuando las pidiéramos prestadas. Mis papás nos prohibieron salir al pasaje por una semana pero no nos importó. Y quedamos en que la próxima vez debíamos sacarlas de noche. Julia estudió para una prueba de castellano y yo hice un dibujo de la línea del tren.

En la casa blanca del pasaje vivía una señora de pelo largo y liso que salía en la madrugada con su furgón a buscar a niños para llevarlos a la escuela. En el parabrisas tenía pegado un murciélago, un auto rojo, la mitad de la cara de un oso y un robot. Todos estaban desteñidos por el sol. Siempre salía apurada, con el pelo mojado y la chaqueta abierta. Dentro de la guantera tenía su estuche con maquillajes. Prendía el auto y mientras se calentaba el motor se echaba polvo en toda la cara, se delineaba los ojos y se pintaba los labios. Los fines de semana la iba a ver una pareja con cinco niños que jugaban fútbol por el pasaje y gritaban mientras Max les lograba robar la pelota cada tanto.

X

Con Julia escribimos otra carta para Mónica. Hicimos la lista primero.

—Preguntarle si tiene pololo.

—Hacerle un dibujo de Raúl.

—Preguntarle si le cae bien Jorge.

—Contarle que ya me volvieron a salir todos los dientes y que ahora son más grandes.

—Contarle del nuevo plan para sacar las bicicletas en la noche.

—Contarle que Julia se quiere dejar el pelo muy largo, ojalá hasta el poto.

—Preguntarle si piensa venir pronto, que ojalá sea de sorpresa para mi cumpleaños.

—Cortarle un poco de pelo a Max para mandárselo.

—Contarle que ya aprendimos a hacer salchichas de pulpo y que le enseñamos a mamá.

—Contarle que Julia ya me perdonó por haberle mojado su diccionario.

Algunas noches después de acostarnos, mi mamá se quedaba trabajando en las revistas de deporte. Si bajaba porque me daba miedo o sed, ella las escondía debajo de un cojín y me preguntaba sonriendo si necesitaba algo. Fumaba en la cocina, bajo el parrón, en el baño, en nuestra pieza, acostada en su cama, sentada en las escaleras o deambulando por el pasillo. Mi papá se enojaba si no hacíamos nuestras camas o si mi mamá decía que iba a dar una vuelta y llegaba tres horas después. Cuando se sentaba a pensar no había que molestarlo, tampoco cuando estaba triste. En esos momentos cerraba la puerta de su pieza y no bajaba a comer. Cuando pasaba más de un día, con Julia le hacíamos una tarjeta con lápices de colores. Le escribíamos con letras grandes que lo queríamos y le dibujábamos cosas para hacerlo reír, como un loro con orejas de elefante. Las tarjetas las pasábamos por debajo de su puerta. Había días que nos resultaba el plan y salía de su pieza después de leerlas. Los otros días, nos decía desde adentro que por favor no lo molestáramos.

XI

El uniforme de la escuela de Julia era azul. Jumper, calcetines y corbata azules. Zapatos negros. De colación se llevaba un pan. Y a veces una botella de vidrio con leche con café. Antes la escuela se llamaba Gabriela Mistral pero los militares le habían cambiado el nombre por A-32 porque les encantaban los códigos. En la escuela se cantaba el himno nacional todos los lunes con la mano en el corazón. Julia me lo enseñaba, yo solo lograba memorizar parte de la primera estrofa.

Puro, Chile, es tu cielo azulado,
Puras brisas te cruzan también,
Y tu campo de flores bordado
Es la copia feliz del Edén.

También había aprendido a sumar y restar números complicados. Julia estaba aprendiendo a dividir. Mi mamá la despertaba a las siete de la mañana de lunes a viernes.

En el verano hacía calor y el pasaje se llenaba de zancudos. Julia era alérgica a las picaduras. Mi papá le hacía una cruz con la uña en cada una de las montañas rojas que le aparecían. Si viviéramos cerca del estero sería mucho peor, comentaba. Mi mamá le echaba alcohol con un algodón a cada herida mientras nos recordaba que no abriéramos las ventanas aunque hiciera mucho calor. Que transpirar hacía bien para botar lo malo que teníamos en el cuerpo. En las noches, escuchaba a Julia rascarse bajo las sábanas.

En su cuaderno de Matemáticas, escribió sus iniciales junto con las de Ernesto adentro de un corazón. Mientras estudiaban para la prueba de Matemáticas le ofreció ayuda para encontrar a sus papás desaparecidos, que nuestro papá podría hacer retratos de ellos, sacarles fotocopias y pegarlos por todas las ciudades. Ernesto al comienzo no dijo nada, pero ante la insistencia de mi hermana, le explicó que era mejor usar fotografías y que el problema era que los militares no querían decir qué hicieron con ellos, ni dónde estaban. Julia le dijo que podían seguir a los Opala para ir descubriendo más lugares secretos que usaran como centros de detención en Concepción. Ernesto le agradeció y volvió a concentrarse en la operación que había escrito en su cuaderno. Julia se sintió tan mal por no tener buenas ideas que le dijo que quizá podían conseguir armas para defenderse mientras investigaban. Ernesto le explicó que de los centros de detención era imposible escapar. Julia asintió mientras pensaba que le encantaría tener más información para ayudarlo y en lo lindo que se veía con el pelo corto.

Mi mamá consiguió un nuevo trabajo y llegaba de noche a la casa. Estaba cansada porque además de ir a hacer los trámites al centro, ahora tenía que pasar ocho horas de pie. Le dolía el brazo derecho de tanto anotar fechas y nombres de batallas en el pizarrón. Julia agradecía que no trabajara de profesora de Historia en su escuela porque entonces se enteraría de lo que hacía en los recreos. A veces volvía con anotaciones negativas en su libreta de comunicaciones que mis papás tenían que firmar. Cuando pasaba eso, Julia se enojaba mucho y podía estar alegando por una semana que era injusto. Una vez fue porque fumó en los baños. Otra vez, dejó en el mural de su sala un dibujo de un grupo de militares que tenían dientes de vampiros. Una de las profesoras se enteró en la sala de profesores de su caso y en un recreo la llamó para explicarle amablemente que era mejor que esos dibujos no los hiciera nunca en la escuela porque después sus compañeros y algún que otro profesor podía hablar cosas malas de su familia. Julia aprendió a hacer la firma de mi papá antes de inventar la suya, así es que prefería no molestarlos con las anotaciones negativas ni con alguna que otra suspensión que tuvo durante esos años. Cuando lo hizo la primera vez, fui su cómplice. Ese día nos dimos cuenta que nunca habíamos visto la firma de mi mamá ni tampoco su carnet de identidad.

XII

Con Julia fuimos a comprar pan al negocio. Cuando íbamos pasando por fuera de la iglesia, una mujer de trenzas nos preguntó si vivíamos por ahí.

—Hola, niñas, siempre las veo pasar, ¿viven por aquí, verdad?

Nosotras no le contestamos pero ella continuó hablando:

—¿No quieren pasar a comer tallarines con salsa?

—¡Sí queremos! —me adelanté a Julia. Julia apretó fuerte mi mano, pero la señora nos hizo entrar.

La iglesia era grande y tenía muchas esculturas de hombres musculosos. Nos llevaron a una sala que estaba detrás del altar que tenía un escritorio con un mantel blanco y un florero con rosas de plástico moradas. En la parte de atrás había cuadros de unos ángeles dorados que me hubiera llevado a la casa. Tres mesas de plástico con sillas de marca de bebidas. Había otros niños pero nosotras nos sentamos en la mesa a esperar nuestros tallarines sin saludarlos. Una señora con aros de perla apretó nuestros cachetes antes de servirnos un plato grande de tallarines con salsa de tomate. Julia estuvo a punto de pegarle un manotazo, aunque se aguantó.

Nos dijo que estábamos muy delgadas, que teníamos que engordar, yo le sonreí mientras ella nos preguntaba:

—¿Cómo se llaman, niñas?

Julia dijo rápido:

—Marcela y Andrea.

Un hombre mayor se acercó sonriendo. Vestía una túnica y le colgaba una cruz negra en el pecho. Estaba muy peinado y olía a colonia así es que cuando se sentó frente a nosotras, me mareé. Nos preguntó dónde vivíamos y Julia apuntó a cualquier dirección mientras masticaba rápido. También nos preguntó si estaban ricos los tallarines y las dos asentimos. Nos dijeron que podíamos volver en una semana más y traer a nuestros papás. Cuando llegamos de vuelta a la casa, mi mamá nos sirvió papas cocidas con orégano. Con Julia inventamos que nos dolía la guata. Todas las casas del pasaje tenían las cortinas cerradas. El último dibujo que hizo mi papá del bosque, fue de nosotros cuatro haciendo un picnic al borde del río y lo pegó de sorpresa en nuestra pieza. A nosotras nos gustaba mirarlo y acordarnos de nuestros paseos con linternas.

Para la Navidad se ponían mesas afuera del pasaje y cenábamos todos juntos. Cuando alguien les preguntaba, mis papás repetían que nosotras habíamos nacido en Puerto Williams y que nos habíamos trasladado porque a mi papá le ofrecieron un muy buen trabajo en una oficina de arquitectura. El papá de las mellizas era muy curioso, mi papá se daba cuenta y le servía vino para que se tuviera que ir a acostar temprano. A las mellizas siempre les regalaban cosas especiales, como unas muñecas de plástico que usaban pañales, pintura de uñas o unas barbies que tenían cartera y zapatos blancos. En las cenas de Navidad el señor de los dulces de colores se disfrazaba de Viejo Pascuero y nos regalaba a cada uno un chocolate grande que estaba relleno con crema de distintos sabores, incluido a su hijo que se lo devoraba en pocos mordiscos. Cada uno podía elegir su favorito. Yo siempre sacaba el de frutilla.

En la iglesia hubo una comida especial porque estaban festejando el cumpleaños de la Virgen María, así es que nos dieron tallarines con jamón y crema, y un vaso grande de Coca-Cola. Antes de agarrar el tenedor nos pidieron que juntáramos las manos y dijéramos con los ojos cerrados:

—Gracias, señor, por este alimento sagrado.

Nos repetimos plato y antes de comer el postre, nos pidieron que hiciéramos un dibujo del cielo y otro del infierno para adornar la iglesia. La mujer de aros de perla que llevaba un vestido y un suéter blanco, se sentó al lado de Julia con unas hojas y lápices de colores, nos explicó que la gente buena se iba a vivir sobre una nube al cielo y que la gente mentirosa y pecadora se quedaba a la intemperie en el infierno. Nosotras la miramos fijo. Esa era la palabra sagrada del señor, amén. Nosotras asentimos. En la hoja del cielo hicimos dos bicicletas, una salchicha con forma de pulpo, un televisor, a Max, a los papás, a Mónica y al bisabuelo. Julia me contó un par de historias de sus recreos mientras coloreábamos. La mujer nos pidió bajar un poco la voz. En la hoja del infierno pusimos a un grupo de tres militares, dos Opala y al águila con sus lentes oscuros. La mujer de aros de perla se acercó con dos porciones de flan, dejó los platos sobre la mesa, miró nuestros dibujos y frunció el ceño.

—¿Cuál es el cielo? —nos preguntó con una sonrisa.

Le indiqué la hoja de la salchicha convertida en pulpo.

—Ah —dijo ella mirándonos fijo.

Nosotras la miramos de vuelta esperando que nos acercara los platos de postre.

—¿Y quienes son ellos? —indicó con su uña pintada a los dos cuerpos tomados de la mano.

Julia se puso seria y se acomodó en la silla.

—Nuestros papás.

—¿Y como se llama tu perro?

Julia carraspeó.

—Max.

—¿Y por qué se van a ir al infierno los militares?, ¿saben que en el infierno hace tanto calor que el alma se quema?

—Porque les gusta el verano —respondió rápido Julia.

—¿Ah, sí?, ¿quién te contó eso?

Con Julia nos miramos.

—Nos tenemos que ir —dijo Julia.

—¿Qué hace tu papá? —preguntó la mujer tocándole la mano.

—Trabaja en una oficina de arquitectura —dijo Julia con seguridad.

—¿Dónde?

—En el centro.

—¿Y tú mamá?

Como Julia dejó una pausa de un segundo, me adelanté:

—Es profesora, y viene siempre a la iglesia porque se sabe de memoria la Biblia.

Julia me pegó debajo de la mesa. La mujer me miró seria.

—¿Entonces la conozco?

Me transpiraron las manos. Julia me agarró del brazo. Cuando íbamos a salir corriendo, la mujer de aretes de perlas volvió a sonreírnos y nos dijo que estaban muy lindos esos dibujos y que se los iba a mostrar al padre. Julia se los sacó de las manos y nos fuimos corriendo. La mujer nos gritó algo que terminaba en mierda. Corrimos rápido hasta la casa. Rompimos los dibujos y los tiramos por el wáter. Le pedí perdón a Julia por haberme equivocado. Me dijo que no era mi culpa, que el problema era mi memoria de pollo.

A la semana una rueda de nuestro auto amaneció rajada. Mi papá se dio cuenta y entró rápido a la casa llamando a mi mamá. Nosotras bajamos y vimos el cuchillo enterrado en el neumático. Mi papá lo sacó y se lo pasó a mi mamá, después abrió el maletero y trató de cambiar la rueda rápido, antes de que los vecinos se dieran cuenta. Cuando el papá de las mellizas se acercó para ayudarlo, le dijo que se le había pinchado la rueda en una tabla con clavos que estaba donde estacionó. El papá de las mellizas parecía feliz trayendo distintas herramientas desde su casa y metiéndose debajo del auto. Al final, también trajo la manguera y se puso a lavar aunque mi papá le repitió cuatro veces que no se molestara. Cuando mi papá entró a la casa, les contamos de la iglesia. Julia les aclaró que habíamos entrado porque nos habían ofrecido tallarines pero que la segunda vez, antes de dejarnos comer el postre, nos pidieron dibujar el cielo y el infierno. Cuando terminaron de escuchar toda la historia, mis papás estaban pálidos. Pensamos que nos iban a retar pero en vez de eso, mi papá tomó su libreta y nos hizo un dibujo de la cara del hombre con la cruz negra. Con Julia asentimos. Recordé el olor dulce de su colonia. Mi mamá nos abrazó por unos segundos, como si hubiéramos llegado después de estar dando vueltas por mucho tiempo en un laberinto. Mi papá buscó unas monedas y fue a llamar por teléfono a Jorge. Mi mamá llenó la tina con un poco de agua. Nos llamó para que la ayudáramos a remojar las revistas antes de tirarlas por el wáter. Hacer pelotas de revistas era parecido a amasar las empanadas de barro. Mi mamá encendía un cigarro tras otro. No le preguntamos nada. Mi papá se demoró un rato en volver. Por mientras nos pusimos las chaquetas y algunas cosas que nos pasó mi mamá para guardar dentro de nuestras mochilas, un poco de ropa y un par de libros. Max ladró al escuchar el motor, le hicimos señas desde la ventana. Había dejado a Ramona en las escaleras para que no se me olvidara pero bajamos tan apuradas que ni siquiera la vi. Me acordé cuando ya habíamos pasado la línea del tren. Mi papá dijo que no podíamos volver a buscar nada y que me podía hacer otra muñeca. Cambiamos de auto en mitad del trayecto, en una calle por la que nunca había caminado. Él lanzó las llaves del auto por el portón de una casa. Nos subimos a un furgón viejo que estaba estacionado, mi mamá tenía las llaves. Había dos filas de asiento atrás pero con Julia nos fuimos sentadas juntas. Tomó mi mano durante el trayecto que duró más de dos horas.

Capítulo tres

I

Nos estacionábamos cerca de la Casa Verde. Yo los esperaba adentro del auto mientras ellos trabajaban. En la casa había mesas, una máquina de escribir, papel roneo, tinta negra, una guillotina para cortar el papel, cajas de esténcil y un mimeógrafo. También una pieza que tenía sillas para hacer reuniones. En el auto no me podía dormir ni tampoco quitar los seguros de las puertas. Después de unas horas los veía salir con una caja y mi cuerpo se relajaba. Me daba cuenta que tenía sueño y hambre. Mi papá me hacía señas desde la calle y caminaba cruzando exageradamente las piernas hasta hacerme reír. Mi mamá guardaba la caja en la maletera y la cubría con un par de bolsas donde había ropa que ya me quedaba chica. Se subían al auto y me daban una empanada de pino. Me la devoraba mientras íbamos de vuelta al departamento. Mi papá me contaba una historia para que no me quedara dormida durante el trayecto.

—¿Sabes que la Luna fue inscrita a nombre de un chileno?

—¿Cómo inscrita?

—Eso, que fue a un notario para inscribirla a su nombre. Como su dueño.

—¿En serio?

—¿Nunca has escuchado sobre la Sociedad Telescópica Interplanetaria?

Negué con la cabeza.

—Claro, es que como es una sociedad secreta es difícil que te la hayan mostrado en la escuela... hay muchos secretos en la historia.

—Cuéntame.

—Fue un día de septiembre, no recuerdo la fecha exacta, pero de lo que estoy seguro era que estaba tan nublado como hoy, ¿te dio frío?

—No. Cuéntame más de la sociedad.

—Ah, sí. Septiembre, día nublado. Se llamaba Jenaro, con jota. No recuerdo su apellido, vivía en Talca, en una casa de madera que crujía algunas noches...

Mi papá seguía hablando mientras avanzábamos hasta pasar el centro de Concepción, muchas veces iba agregando tantos detalles que se me olvidaba cómo había empezado nuestra conversación.

—Tenemos que ir un día a Talca, chica, vamos a ir hacia la cordillera a andar a caballo, para eso tenemos que llevar una brújula, o hacer un muy buen mapa para nunca perdernos. Y mejor vamos en primavera porque en verano hace mucho calor, y en invierno, bueno, en invierno depende dónde, hay partes en las que puede hasta nevar, pero no hay problema con eso, los caballos están acostumbrados y si nosotros usamos calzones largos, guantes y gorro, no vamos a pasar frío, ¿te conté que el bisabuelo se tiraba de guata por la nieve en Puerto Williams?

—No, pero papá...

Él seguía hablando.

—Claro, le encantaba, se enrollaba en un pedazo de plástico y tomaba vuelo. Como era grande parecía un oso deslizándose por la nieve. Quedaba con la barba completamente blanca. Lo que sí es muy peligroso es caminar por el hielo, eso nunca lo hagas porque te vas a caer de poto, bueno, pero volvamos a la Sociedad Interplanetaria, ahí apagaban las luces todas las noches para mirar el cielo. Tenían una obsesión con el origen del universo. Te imaginarás del tamañito que se veía el conejo de la luna al mirarlo por el telescopio, cada diente se le veía así, como todo este auto...

Mientras lo escuchaba miraba a mi mamá. Ella sacaba un cigarro de su cartera, lo encendía y lo dejaba en su boca mientras iba limpiando sus manos que siempre volvían de la Casa Verde manchadas de tinta negra. Pasaba con fuerza un pedazo de tela mojada con alcohol por cada uno de sus dedos. Cuando estaba a punto de caer la ceniza sobre sus pantalones, hacía una breve pausa para abrir un poco la ventana, dejando el espacio justo para que cayera la ceniza. Yo intentaba seguir el trayecto de esos pedazos grises que se deshacían al contacto del viento.

II

Vivíamos en el cuarto piso del edificio B. Las ventanas de nuestra pieza daban al estacionamiento de un supermercado. A dos cuadras estaba el paradero de las micros que iban al mar. En la noche dormía una familia apoyada en las cortinas metálicas, eran una pareja y cinco niños, el más chico había aprendido a caminar un par de semanas antes. En la madrugada, el guardia del supermercado los despertaba y los ayudaba a levantar las frazadas. Lo hacía con cuidado, amontonando las cosas al final del estacionamiento, después tomaban té y comían pan. Julia creía que eran familiares, que el guardia era el hermano grande de la mujer y que los niños, sus sobrinos. Había un señor que todas las tardes iba a comprar una botella de vino y dejaba amarrado a su perro blanco a un poste de la luz. El perro aullaba hasta que volvía. El señor lo retaba y le decía con voz fuerte que ya estaba bueno de lloriqueos, el perro blanco le movía la cola y lo intentaba lengüetear, pero el hombre nunca se dejaba. Yo quería cortarle la correa con una tijera y llevarlo de paseo a mi escuela. Con Julia comprábamos en el negocio de la vuelta porque nos fiaban cuando no nos alcanzaba la plata. Otros días íbamos al supermercado y guardábamos algo en nuestros bolsillos, un chocolate, un chicle de frutilla o unas galletas de limón. Desde nuestra pieza podíamos ver cuando descargaban los camiones de mercadería. Un día tratamos de tirarles piedras pero Julia se arrepintió de jugar conmigo porque apenas alcanzó a esquivar una que sin querer le tiré directo a su cara.

A Fanny la conocimos una noche que tocó en pijama la puerta de nuestro departamento para avisarnos que se le había roto una cañería. Mi mamá estaba trabajando en la Casa Verde y mi papá escuchando la radio en su pieza. Subimos a su departamento que quedaba justo arriba del nuestro. Fanny era ecuatoriana y llevaba viviendo en el edificio dos meses. Mi papá encontró rápido la llave de paso en la cocina y nosotras la ayudamos a secar el agua que se había acumulado en el pasillo. Nos dio té con un queque de manzana. Al otro día, nos llevó de regalo uno de chocolate. Cuando mis papás empezaron a trabajar todos los fines de semana en la Casa Verde, ella nos invitó a pasar algunas tardes en su departamento. A diferencia de mi mamá, se dejaba las uñas largas de las manos. A nosotras nos gustaba que pintara las nuestras mientras nos contaba cosas, como el día que se escapó de su escuela en Quito y se emborrachó por primera vez. O cuando le sacó plata a su papá para cortarse el pelo como Madonna para ir a una fiesta. O la tarde en que un avión se estrelló en mitad de su población. Cuando llegaban mis papás a buscarnos se quedaban conversando hasta la madrugada, ella les ofrecía vino y nosotras nos dormíamos en el único sillón que había en el living.

Fanny hacía la mejor tortilla de queso. También cocinaba una fritada de chancho que era el segundo mejor plato del mundo. En la pared de su cocina tenía colgadas las ollas y sobre el mesón, muchos condimentos. Me enseñaba a diferenciar el comino del orégano y de la pimienta. En una de las paredes tenía fotografías viejas pegadas. Una casa hecha de barro con un perro de orejas largas que se estaba asomando por la ventana. En otra, un hombre viejo sentado con una guitarra en las manos. Mi favorita era en la que estaba su abuela haciéndole una trenza larga para ir a la iglesia, en la fotografía Fanny tenía cinco años y usaba un vestido con vuelos. La colcha que estaba sobre su cama la había tejido su mamá que vivía a las afueras de Quito y que había muerto de un ataque al corazón cuando ella estaba por cumplir dieciséis años.

III

En mi escuela había una caldera que funcionaba a leña. Atrás, estaba la sala secreta de Gastón a la que podía entrar cuando se iban todas mis compañeras a sus casas. En el invierno no nos daba frío aunque lloviera fuerte y viéramos pasar por la ventana a todos los que salían del Hospital Regional con paraguas, gorros y guantes de lana. Mi uniforme, delantal y cuadernos estaban siempre ahumados. Los lunes en la tarde ayudaba a Gastón a acomodar la leña para la semana y le pedía que por favor no matara a las arañas. En la sala secreta había un televisor y un reproductor de VHS que él había acomodado sobre una mesa. La sala secreta en vez de puerta tenía una cortina negra.

La primera película que vimos juntos fue la del elefante que trabajaba en el circo. Al comienzo me reí mucho. Sus orejas eran tan grandes que lo hacían tropezar. Con la cola podía sostener un farol y con la trompa un martillo. Le gustaba bañarse y quedar lleno de espuma como si viviera debajo de una montaña de crema. Las otras elefantes se enojaban con él porque como arrastraba sus orejas no podía hacer las cosas bien. Todos los números que habían ensayado fallaban por su culpa. Un día la mamá lo trató de defender de un niño malo. Los hombres que trabajaban en el circo la sujetaron con cuerdas y le pegaron latigazos, después la encerraron. Dumbo quería defenderla pero no pudo porque era chico y el dueño del circo muy poderoso, como el águila. Un ratón se hizo su amigo y se emborracharon juntos. Tenían hipo, flotaban adentro de búrbujas y veían cosas de colores. Elefantes rosados de ojos huecos que tenían una orquesta. Marchaban como si fueran militares, moviéndose al ritmo de las trompetas y las campanas. Al fondo todo era negro.

La cara de un elefante chiquitito quedaba atrapada en unos grandes platillos amarillos que sonaban muy fuerte, como un plato rompiéndose contra el suelo. El elefantito lograba escapar con esfuerzo y seguir marchando sobre la cabeza del resto de elefantes gigantes y rosados. Dumbo estaba mareado y los veía pasar por el borde con sus trompetas. El ratón les tenía tanto miedo que se tapaba los ojos. Después la orquesta se transformaba en elefantes/autos y en elefantes/trenes. Alguien daba la partida para la carrera y empezaban a competir. Trenes, autos y lanchas con formas de elefantes iban a toda velocidad. Se unían otros que usaban esquíes acuáticos. De repente una gran explosión seguida de un choque al final de la pista. Todos habían muerto. Sus cuerpos empezaron a caer. Ahora eran cuerpos de elefantes rosados que giraban lento por la pantalla, flotando como si fueran fantasmas.

Sonó el timbre. Di un salto en la silla. Gastón me dijo sin despegar los ojos del televisor:

—Que se espere.

Por suerte el timbre volvió a sonar. Fue imposible seguir. Gastón se paró rápido y puso pausa en el reproductor.

—Mañana te cuento el final.

Caminamos por el pasillo que llevaba a la salida de la escuela sin prender las luces. Me dio miedo que apareciera uno de los fantasmas. Estaba todo oscuro y las puertas de las salas entreabiertas.

—Con Mónica cantábamos la canción de los elefantes que se balancean en las telas de araña —le dije para tratar de pensar en otra cosa.

—¿Es tu hermana?

—No, Julia es mi única hermana. Mónica es mi mejor amiga de los grandes.

—Ah.

—Tú también eres mi amigo.

—Gracias —dijo sin mucho convencimiento.

—Mañana voy a traer queque de colación.

Gastón no era bueno para conversar mientras caminaba. Lo miré de reojo, él seguía con la vista al frente.

—No lo voy a comer adentro de la sala para no ensuciar —insistí para no pensar en nuestras sombras que se proyectaban en el piso.

—No te preocupes, yo barro.

—Es que como es de chocolate se nota mucho si se cae.

—Claro...

—Te puedo guardar un pedazo para que lo pruebes.

—No, no te preocupes. Está bien que te comas tus colaciones.

—Mi mamá dice que estoy muy flaca pero yo me como todo lo que me dan.

—Claro...

Pasamos por unas montañitas de basura que él había juntado para meter en bolsas antes de irse a su casa que quedaba en una población cerca del mar.

Afuera hacía frío y estaba oscuro. Mi mamá llevaba puesto un gorro de lana azul y tenía una caja en sus manos. La abracé.

—Tenemos que apurarnos, chica.

Asentí y empecé a caminar al lado de ella. Sus manos todavía tenían restos de tinta negra.

—¿Te ayudo con la caja?

—No, chiquitita, voy bien.

Gastón era el encargado de limpiar las salas, de tocar el timbre para anunciar los recreos y de cerrar la reja cuando todas nos íbamos. Yo me quedaba hasta tarde en la escuela porque mi mamá hacía clases de Historia en un colegio y después se pasaba a la Casa Verde. Todos los viernes, me iba a buscar más temprano y me quedaba sin ver los finales de las películas. Me invitaba a un completo con un vaso de leche con plátano en el mercado. Me sentaba en el banco mientras ella dejaba la caja al lado de sus pies y sacaba el cuaderno rojo de su cartera. En ese cuaderno anotaba las cuentas mensuales; el arriendo, la luz, el agua, el gas, la comida, las micros y un ítem que llamaba «extras» donde estaban sus cigarros y nuestras paradas técnicas. Como le preocupaba que yo estuviera cada día más flaca, le pedía a la mesera que pusiera un plátano extra a mi leche, para ella pedía un café. Mi mamá le preguntaba cómo había estado su semana, y la mesera le contaba algunas cosas de su hijo adolescente, que no había llegado a dormir, que fue sorprendido fumando en la cancha o que no quería cortarse el pelo. La mesera se lamentaba porque a su hijo le iba bien con las notas:

—Si tuviera mal promedio podría castigarlo de verdad, pero tiene muy buenas notas siempre —aseguraba mientras abría el tarro de café.

Mi mamá no tenía ese problema conmigo porque como mi memoria era de pollo, mi nota máxima ese año había sido un cinco coma seis. Cuando llegaba el café, prendía un cigarro que sacaba del bolsillo de su abrigo y me preguntaba qué había hecho en la tarde.

—Una tarea de Matemáticas —le contestaba aunque siempre las dejaba pendientes hasta el primer recreo del lunes, cuando podía pedirle ayuda a María, o copiar algunas de sus respuestas.

—¿Y Gastón te acompañó? —me preguntó mi mamá sin levantar los ojos de su libreta.

—Sí, me ayudó con una suma.

—Qué bien.

La mesera del puesto tarareaba una canción mientras mi mamá revisaba sus cuentas que yo intentaba descifrar, ella miraba el papel como si esperara descubrir una fórmula secreta; para llamar su atención, tomaba una servilleta y la doblaba hasta formar un barco que ponía sobre la hoja. Mi mamá me sonreía y repetía como todos los viernes:

—No le contemos a nadie que hicimos esta pequeña parada técnica.

Yo esperaba que me hablara de algo más, de lo que ella había hecho en el día, pero dejaba el barco a un lado y tachaba un par de números para hacer nuevamente la suma. Cuando le preguntaba cómo le había ido, me respondía que todo normal, sin darme ningún detalle. Los domingos que no tenía que ir a la Casa Verde, cerraba las cortinas de su pieza y dormía toda la tarde, después se levantaba a buscar algo dulce al refrigerador, una cucharada de mermelada o de manjar. En el trayecto de regreso, nos preguntaba si habíamos comido algo y antes de que le respondiéramos, volvía a entrar a su pieza para dormirse. En la semana se levantaba a las cinco de la mañana a corregir las pruebas de sus estudiantes.

IV

Por el diario me enteré que se había dado un beso con Ernesto. Fue después de que estudiaron juntos para cinco pruebas de Matemáticas. Era comienzos de octubre y fueron a dar una vuelta a la plaza que estaba cerca del departamento. Debajo del resbalín se dieron un beso que duró muy poco, según Julia menos de dos segundos. El resbalín estaba oxidado y escribieron sus iniciales con una moneda sobre la pintura azul. A los dos días, Ernesto le empezó a grabar casetes en la radio y se los entregaba envueltos en un papel donde había escrito un poema. Cada casete tenía además una carta en miniatura que había puesto con mucha dedicación en uno de los carretes.

Julia guardaba las cartas y los poemas en una caja de zapatos que tenía debajo de su cama. La música que grababa Ernesto era buena y las cartas que llegué a leer, tristes. A sus papás los habían detenido hacía cuatro años y él se había cambiado cinco veces de casa. Primero vivió en Coronel con el hermano mayor de su mamá que tenía cinco hijos. Cuando la familia decidió que se iba a trasladar a Santiago, él quiso irse a vivir con una tía que arrendaba una casa en el cerro Centinela de Talcahuano, pero no pudo quedarse muchos meses porque ella empezó a trabajar de noche en una fábrica. Desde la desaparición de sus papás, a Ernesto le daba miedo quedarse solo de noche. La última opción que tenía era su abuela materna que vivía en Concepción, con ella nunca se llevó bien porque era seria y estricta, rasgos que se habían acentuado desde la desaparición de su hija.

Julia era mucho más ordenada que mis papás con sus libretas y mapas. Usaba lápices de distintos colores para marcar el día de la semana, la fecha y la hora. También dibujaba unos círculos que se transformaban en un ojo, unas líneas que parecían mitad rayos y mitad animales salvajes. Unas manchas que se salían del margen. Cuando no le gustaba cómo habían quedado, los rayaba encima hasta romperlos. Otras veces tachaba frases enteras y no lograba entenderlas aunque pegaba mis ojos al papel. Su letra era cada día más parecida a la de mi papá, grande y cuadrada como la de un robot.

En la plaza, además del resbalín oxidado, había basura y un letrero que ya no se podía leer. Julia iba todos los días a juntarse con Ernesto y otros amigos. A veces cantaban, otras leían algo que habían escrito o compartían chistes. Julia me llevaba algunas tardes y me pedía que les contara a todos una historia de terror, yo tomaba una gran bocana de aire y empezaba:

—Esta es una historia de terror porque una araña muere, un elefante se intoxica y un chanchito de tierra se desmaya antes de entrar a la sala.

Los amigos de Julia me miraban atentos pero a veces en vez de asustarse se largaban a reír o prendían un cigarro. Cuando pasaba eso, yo cambiaba la historia porque me daba cuenta que se estaban empezando a aburrir. Los finales eran lo más complicado así es que siempre elegía que todos los personajes murieran atropellados o desaparecieran misteriosamente de la faz de la tierra.

V

Mi mejor amiga era rusa y su mamá le había traducido su nombre para que nadie se fuera a burlar de ella en la escuela porque sonaba parecido a un molusco. De Masha pasó a María. Mi amiga hablaba como si fuera un monito animado que ponía énfasis en las eres de todas las palabras. Irina, la mamá de María, mezclaba el ruso con el español llegando a un idioma indescifrable para mí. Con María nos sentábamos juntas en la sala, hacíamos los trabajos y, por supuesto, compartíamos nuestras colaciones, que en el caso de mi amiga eran muy ricas, desde sopas de beterraga hasta pedazos de carne con crema ácida. María era la más blanca de la escuela, casi transparente. Tenía el pelo negro y liso como la cola de un caballo. Su mamá se enamoró de un chileno que conoció cuando trabajaba en un crucero. El papá de María se quedó en Moscú haciendo documentales que a ella nunca le dejaban ver porque había escenas con discusiones fuertes y, algunas veces, peleas que terminaban con algún muerto. María tenía un hermano que se llamaba Igor. Era cinco años menor que nosotras. Mitad chileno y mitad ruso. Con María peleaban harto así es que yo prefería no hablarle.

Antes salía de la escuela y caminaba siete cuadras para llegar a la zapatería de la esquina donde esperaba a mi mamá. Me sabía de memoria todos los modelos de zapatos de seguridad que estaban en la vitrina. En el invierno se levantaba tanto viento, que me dejaban pasar y esperarla sentada en un rectángulo cubierto de cuero. Una tarde el dueño se enojó porque tenía que cerrar y mi mamá se atrasó más de una hora. Afuera llovía fuerte. Al otro día, ella le preguntó al auxiliar de la escuela si me podía quedar después del horario de salida porque no tenía con quién dejarme mientras trabajaba. A Gastón le pareció muy aburrido vigilar si hacía las tareas así es que me propuso que viéramos VHS que él tenía escondidos en una repisa. Yo era la encargada de anotar en una ficha de cartón el título y algo que me hubiera llamado la atención. Si había alguna escena que le gustaba mucho, Gastón intentaba describirla con lujo de detalles. Como no le gustaba escribir, me dictaba sus palabras.

Mis papás no tenían tiempo para ir las reuniones de mi escuela. Mi mamá escribía notas en la libreta de comunicaciones diciendo que estaba enferma, que tenía otra reunión a la misma hora o que necesitaba atender un asunto familiar urgente. Siempre empezaba las comunicaciones diciendo que le encantaría estar presente. Julia me acompañaba. En una de esas reuniones nos enteramos que la profesora de Educación Física tenía un romance con el profesor de Castellano. También que nuestros papás no habían pagado ninguna de las cuotas para el paseo de fin de año a la desembocadura y que la leche que nos daban en las mañanas era la que donaba una empresa cuando ya se estaba echando a perder. Julia nunca iba con el uniforme del liceo a esas reuniones y me trataba como si fuera su hija, mirándome de reojo cuando me desconcentraba. En cambio, cuando algo le llegaba a dar risa, me pegaba un sutil codazo para llamar mi atención. A Julia le gustaba usar maquillaje y pintarse las uñas. Yo me las comía.

El profesor de Castellano usaba lentes gruesos y la profesora de Educación Física tenía un cuaderno con John Travolta en la portada. María decía que probablemente ya habían hecho el amor; yo creía que se habían dado besos con lengua nomás. María estaba segura que la profesora pronto iba a quedar embarazada. El escándalo que se abordó en la reunión fue porque alguien los acusó de encerrarse en el baño de la sala de profesores. En su defensa dijeron que había sido después del timbre de salida.

VI

Cuando tenía seis años, María estaba corriendo en el techo de su edificio en Moscú y no vio un cable metálico de línea telefónica que estaba justo a la altura de su cabeza. Se tocó la frente porque le dolía y vio su mano con sangre. Se puso a llorar y fue corriendo a ver a Irina. Tuvieron que ir al hospital para que le cosieran la herida. Si uno la miraba de cerca podía distinguir una línea de cuatro centímetros un poco más blanca que el resto de su piel. Por eso, aunque le encantaba el fútbol, le daba miedo jugar y romperse otra cosa por estar corriendo. El papá la llevaba al estadio a ver a su equipo favorito, el Lokomotiv Moscú. En el estadio el papá podía tomar vodka y María llevaba un gorro con el que parecía un oso. Le gustaba mucho gritar cuando cualquiera de los dos equipos metía un gol, cosa que enojaba a su papá. Para ir al estadio a María la vestían completamente de verde, como si fuera un duende. Hasta calzones y calcetines verdes usaba porque el traje de los jugadores del equipo favorito del papá era de ese color. También tenía un lápiz labial que él le trajo de regalo la única vez que vino a verla. Un día le pedí que lo llevara a la escuela y nos pintamos los labios, la directora nos llamó y nos dijo que estaba prohibido pintarse de marcianas. María hablaba con su papá cada dos semanas. Cuando les cortaban el teléfono en su casa, tenían que ir a la central y podía hablar por solo cinco minutos que Irina le iba marcando del otro lado del vidrio. A María no le gustaba ir a la central telefónica porque su mamá escuchaba toda la conversación y siempre le terminaba preguntando sobre cosas que el papá le debía haber contado. Por ejemplo, cuando le preguntó si le había dado la noticia de que tendría una hermana. María le dijo que sí. Y después me confesó que no entendía para qué le había mentido, que en realidad le daba lo mismo, que su papá nunca viajaba a verla.

VII

Mi papá nos compraba huevos de chocolates para la Pascua de los conejos y los escondía en lugares raros. Para que no falláramos en la misión de encontrarlos, nos decía frío y caliente mientras caminábamos por el departamento. Una vez escondió uno debajo de mi cama mientras yo dormía. Otra vez, en el palo de la cortina de su pieza, debajo del lavamanos del baño, en una caja de paracetamol que mi mamá tenía en su velador y entre las hojas de una lechuga en la cocina. A veces le gustaba disfrazarse, salir de la pieza con un sombrero o un abrigo y actuar que era María Beatriz. Con Julia nos poníamos nerviosas y no podíamos parar de reír hasta que volvía a ser él. Cuando nos regalaba un chocolate, después nos lo quería comprar porque no se aguantaba las ganas de comer azúcar. Julia se aprovechaba y a veces le pedía el triple de lo que costaban en el supermercado.

Mi mamá prendía sus cigarros mientras caminaba por la calle. Prefería fumar fuera del departamento, en esos trayectos en los que deambulaba sin rumbo. Cuando iba al centro, se detenía en cada librería para ver con mucha concentración los títulos que estaban expuestos en las vitrinas. Y conversaba con las distintas personas que las atendían, a veces contando versiones diferentes de sí misma, de dónde era, qué hacía y cómo se llamaba. Mientras veíamos la sexta película me acordé de ella. Xiang tenía doce años y trabajaba cosechando algodón en un pueblo de China porque sus papás no tenían dinero para mantenerla. Se robaba cigarros y los escondía entre su ropa para venderlos después. Estaba tendida sobre un tapete en una casa donde había otros niños. Esa noche acercó sus manos a la cara y miró sus heridas. Sonrió orgullosa. El hombre de camisa la había atacado en el río para llevársela hasta unos árboles. Bajó sus pantalones y se puso encima de su cuerpo, pero ella lo golpeó con una piedra que llevaba escondida y logró escapar. El hombre de camisa ahora estaba muerto. Los ojos se le cerraban de cansancio. Arriba de su cabeza había una ventana abierta. La cortina era de una tela roja que dejaba traspasar la luz. La cortina iba y venía por el viento. El rostro redondo de Xiang se veía a través de la tela. Parecía que la cortina estaba jugando con hacerla aparecer y desaparecer. Xiang se quedó dormida y empezaron los créditos. Gastón sacó el VHS rápido, lo colocó en la ruma de los que ya habíamos visto. Le pregunté el nombre de la película para escribir la ficha.

—No, ésta no la vamos a archivar, Ana.

—¿Cómo se llama?

—Ordena tus cosas para que estés lista —lo miré antes de salir de la sala secreta y me di cuenta de que estaba llorando.

En la noche le pedí a Julia que me hiciera un dibujo de Xiang. Le expliqué que tenía la cara redonda y que se escondía cigarros entre su ropa. Julia sacó una hoja de su diario, hizo el dibujo concentrada y me lo regaló. Xiang tenía tres ojos y cuerpo de colilla de cigarro. En vez de pelo negro, tenía una melena roja. Y un tatuaje de corazón en el brazo. No se parecía en nada a la actriz de la película pero igual me gustó.

VIII

La Enfermería estaba al lado de la Inspectoría general. La señora Carmen usaba un delantal arremangado. Lo primero que te preguntaba era si tenías prueba o si no habías hecho la tarea. Después si te dolía la guata o la cabeza. La receta era siempre la misma: un té de manzanilla y una aspirina. Cuando había un accidente grave, cruzaba la calle y pedía apoyo en la Urgencia del Hospital Regional, como el día en que una compañera se cayó de rodillas en el patio sobre una tabla con tres clavos oxidados. La señora Carmen siempre tenía chicles de menta en los bolsillos de su delantal pero jamás nos convidaba. La enfermería tenía un vidrio roto, una repisa con cajas de zapatos donde se guardaban las vendas, el alcohol, la manzanilla y las aspirinas. Una camilla metálica que habían donado del hospital, una frazada y una radio donde sintonizaba las noticias. La señora Carmen era la mejor amiga de Gastón y se daban regalos en sus cumpleaños. En septiembre comíamos calzones rotos, sopaipillas y teníamos que hacer guirnaldas con papel volantín para poner en los pasillos y en las entradas de las salas.

IX

Ayer fui a mi primera completada bailable. María me prestó unos sostenes blancos, los rellenamos primero con algodón, después con unas pantys que me sacaron puntitos rojos en todo el pecho y finalmente con unos calcetines que encontramos en el clóset de Irina. Cuando nos pusimos a bailar empecé a transpirar mucho y tuve que sacarme el suéter; como la camiseta blanca que traía abajo había sido usada antes por Julia, estaba traslúcida, y evidenciaba que tenía un implante de calcetín o de alguna masa poco uniforme, así es que fui al baño, me saqué todo y dejé los calcetines sobre el lavamanos mientras me miraba de lado en el espejo, confirmando que había vuelto a mi familiar superficie de pecho/tabla. Cuando terminamos de bailar, buscamos los calcetines por todas partes pero alguien se los había robado. Le tuvimos que confesar a Irina. Ella se rio de nosotras y me dijo que si después quería tener más tetas, tenía que operarme, que en Rusia era una operación muy común entre adolescentes. María le dijo que no dijera así, que era mejor decir senos o pechugas. Irina dijo que no era una gallina para andar teniendo pechugas y se puso a dar vueltas a nuestro alrededor mientras cacareaba. A María no le hacía mucha gracia tener una mamá actriz, en cambio yo podía pasar horas riéndome de las cosas que se le ocurrían.

—Si te operas cuando cumplas quince años podrás tener un novio así —me aseguraba mientras chasqueaba sus dedos—, a ellos les encanta morder nuestros pezones.

Nos contó del sexo oral y anal, de los anticonceptivos, de los condones, y también del aborto. Cuando a María le incomodaba alguno de los temas propuestos por su mamá, empezaban sus discusiones en ruso de las que obviamente no tenía ninguna posibilidad de participar. Cuando peleaban, Irina podía decir frases muy largas sin respirar, y cuando gritaba, impostaba la voz como si estuviera en un gran teatro donde había cientos de espectadores mirándola.

X

Le rogué a Gastón que invitáramos a María a la sala secreta. Él me advirtió que por ningún motivo podía andar contando a todo el curso sobre las películas. Le expliqué que Irina se había quedado en pana camino a Yumbel y que mi amiga no tenía donde ir. María estiró con tanta seriedad la mano para comprometerse a cumplir la promesa de mantener el secreto, que Gastón se quedó tranquilo. Cruzamos al kiosko del hospital para comprar un chocolate y un paquete de ramitas. Como la sala secreta era muy pequeña, con María nos acomodamos en el suelo y Gastón en una silla.

Por primera vez habló antes de la función.

—Ustedes son muy jóvenes pero es bueno que aprendan sobre el amor.

Todo era en blanco y negro. Rick estaba sentado en una mesa del bar. Tenía la mirada perdida, parecía triste y un poco enojado. Pidió una canción al pianista que era su amigo. A esa hora ya no quedaban clientes. El pianista empezó a tocar pero otra canción, que era un poco más alegre. Rick lo interrumpió de un manotazo y le dijo que necesitaba escuchar «esa» canción, que por favor lo ayudara. El pianista, no muy convencido de lo que hacía, empezó a tocarla. Los ojos de Rick se llenaron de lágrimas. Miró su vaso de whisky y antes de volver a suspirar, se transportó a un recuerdo como si tuviera una máquina del tiempo. Estaba con Ilsa, volvía a besarla y proponerle que dejara todo para quedarse con él, ella aceptaba su amor. Se abrazaban y se daban besos. Me acordé de Julia y Ernesto que pasaban todas las tardes debajo del resbalín oxidado. Cuando se acaba el viaje en el tiempo, Rick estaba llorando desconsolado y su amigo pianista no sabía bien qué hacer. No como cuando María lloraba por algo y yo la abrazaba y le compartía la mitad de mi colación.

Cuando empezaron los créditos, Gastón aplaudió. Con María nos preguntamos si el amor siempre llevaría al llanto, los besos y la desesperación. Y concluimos que lo mejor era nunca enamorarnos. A María le gustaba la idea de usar vestidos elegantes. A mí, la de viajar en avioneta. Antes de irnos, María le preguntó a Gastón si alguna vez había llorado por amor.

—Claro, si uno no llora por amor, quiere decir que no ha luchado por nada. Porque el amor no es nada fácil, hay que estar dispuesto a perderse y a sentir. Y ustedes ya se van a dar cuenta que no todas las personas están dispuestas a eso. Ni siquiera estoy hablando de sentir en profundidad. A reconocerse así, sin defensas, como Rick.

Con María no entendimos nada pero asentimos con seguridad.

Esperé a mi mamá en la reja de la escuela y cuando la divisé cruzando la calle, salí corriendo. Casi le da un ataque al corazón porque pensó que había pasado algo malo en la escuela. Le pregunté si podía invitar a María a dormir al departamento, ella aceptó y nos fuimos en la micro las tres. Mi mamá se sentó adelante y nosotras dejamos nuestras mochilas en la hilera de atrás. Fuimos hablando de *Casa Blanca*, de cuando saltamos al escuchar el disparo en la pista del aeropuerto. Mi mamá nos miró de reojo y hablamos en clave. El pastel era la película, la crema, Ilse y la guinda, Rick. A María le pareció que a la guinda le faltó valentía y yo asentí diciendo que la crema necesitaba decidirse.

Cuando entramos al departamento, mi papá estaba escuchando las noticias en la radio. Al ver entrar a

María bajó el volumen y encorvó las cejas. Lo saludé esperando que no me retara. Mi mamá le aclaró:

—María se va a quedar a dormir porque su mamá tuvo un problema.

—Hola, María —dijo mi papá serio.

Ella se puso nerviosa y le estiró la mano en vez de saludarlo de beso. Él le devolvió el saludo con solemnidad. Mi mamá nos dio un vaso de leche a cada una y nos dijo que ya nos acostáramos aunque era temprano. En la pieza estaba Julia escuchando sus casetes. Hacía eso cuando se peleaba con Ernesto y era mejor no hablarle, pero María inmediatamente le preguntó qué estaba escuchando y Julia se animó a conversar. Le contó que una vez yo había intentado tener una celebración de cumpleaños, aunque mi mamá olvidó entregar las invitaciones, nunca supo si se le olvidó o si no podíamos recibir a los invitados.

—Nuestros papás nunca invitan a nadie a la casa —agregué.

—¿No hacen comidas con amigos? —preguntó María.

Con Julia negamos con la cabeza.

—Y la mayoría usaban otros nombres —agregó Julia.

—¿Como apodos?

Le contamos de Mónica, de cuando vivíamos en el bosque y pasábamos la mayoría de las noches con ella.

—Después se fue a vivir lejos, al sur, le mandamos muchas cartas, pero nunca nos respondió —dijo Julia.

Como María estaba tan entusiasmada, le contamos que nosotras también teníamos nombres de mentira. María quiso saber cuáles eran.

—Nuestras iniciales formaban la palabra mambo — dijo Julia.

María se rio.

—Mi mamá nos hizo una pulsera con una cinta que tenía bordada la palabra porque a la Ana siempre le ha costado retener las cosas, tiene memoria de pollo —le aclaró a María, que la miraba con admiración. Jugamos a que adivinara los nombres pero se acordaba de puros nombres rusos, así es que solo logró adivinar el más obvio: María.

—Cuéntale de los enanos, Ana.

—¿Qué enanos? — preguntó María.

—Unos que vivían en el bosque —le dije con naturalidad.

María no paraba de reírse de que yo quisiera ser Anaconda.

Julia nos contó cuando acompañaba a Ernesto al centro, que la plaza se llenaba de carabineros. Que por suerte pronto serían las votaciones para que el águila se fuera bien lejos. Que en el último tiempo estaban viniendo mujeres de diferentes ciudades a pedir ayuda, pero que obviamente no pasaba nada porque todos los que tenían información eran amigos cercanos del águila. María cambió radicalmente de tema y le preguntó a Julia si había llorado mucho por Ernesto. Julia asintió.

—¿Pero harto, harto? —insistió María.

—A veces amanezco con los ojos como sapo de tanto llorar.

—Entonces lo amas de verdad —concluyó ella.

Me quedé dormida mientras las escuchaba.

XI

Fanny también sabía de amor. Se enamoró de un chileno que le prometió el cielo y la tierra en Quito pero resultó ser un estafador en Concepción. Ella dudó mucho en venir porque no era ningún chiste lo que estaba pasando pero él la convenció de que todo estaría bien, que vivirían en una casa con patio en el centro de la ciudad. El romance duró casi un año pero el chileno siempre le inventaba excusas para no conocer a su familia ni a sus amigos. Ni siquiera vivían en la misma casa. La casa era en realidad una pensión a la que él llegaba de vez en cuando. Fanny me dijo que lo más difícil de asimilar eran los tiempos perdidos en la vida, los tiempos en que uno se quedó esperando que algo cambiara.

—Tú nunca esperes a nadie, Ana. Ni que cambie, ni que llegue, ni que te preste atención. No lo hagas. Imagínate que en nueve meses uno puede crear los pulmones y el corazón de alguien, y yo como tonta esperando —decía mientras cortaba el queso—. ¡Nueve meses! —repetía como si se estuviera tratando de convencer de algo—, ¡qué cobarde! —concluía, mientras echaba la mezcla sobre un sartén caliente—. No hay peor castigo que la cobardía.

Le pregunté si iba a volver a Ecuador.

—No —respondió con seguridad—, yo aquí me quedo, no me voy a ir corriendo ahora, me gusta vivir aquí, tengo muchas otras aventuras por delante —dijo mientras cortó la tortilla de queso. Yo quería que fuera nuestra vecina para siempre. El queso derretido explotó al contacto con el tenedor y cubrió una parte del plato. Me quedé hipnotizada.

El sábado en la noche nos invitó a jugar carioca a su departamento, había preparado una olla grande de palomitas. Nos tenía bebida y unas frazadas por si nos daba frío. Dejó la televisión prendida mientras jugábamos. Ella se tomó varios vasos de vino y se quejó de que Julia era muy buena jugadora. Yo marcaba los puntos en la hoja de papel; en vez de anotar nuestros nombres, hice un dibujo para diferenciar cada columna. La cara de Julia era una berenjena gigante, la de Fanny, un huevo duro, y la mía, un pepino. En la televisión estaban dando una película, apenas podíamos escuchar los diálogos porque estaba muy bajo el volumen. En el momento en que una mujer se estaba escondiendo en un subterráneo de una ciudad bombardeada, Fanny se quedó con la mirada fija en la pantalla y después de unos segundos dijo:

—Qué triste por todo lo que han pasado sus papás, pobres. Ustedes nunca les tienen que dar problemas. Ustedes ya pueden estar aquí o estar solas. Yo a su edad ya trabajaba hace rato.

Nosotras vimos la pantalla sin entender a qué se refería pero Fanny agregó:

—No sé qué haría si le hicieran eso a mis amigos. Me volvería loca, probablemente.

Julia le preguntó que qué les habían hecho. Y ella nos advirtió:

—Les voy a contar pero me tienen que prometer que no le dicen nada a sus papás. Nada de nada.

Nosotras asentimos aunque Fanny seguía con la mirada pegada a la pantalla.

—Ya pues, hagan la promesa.

—Prometo no decir nada —dijo Julia.

—Yo también prometo —dije expectante.

—El mismo día del golpe los agarraron a todos y los metieron en el subterráneo de un banco en Valparaíso, y los mataron. Estaban como locos esos días, bueno, no solo esos días, pobres. Sus papás se salvaron por esto —nos indicó un pequeño espacio de aire entre sus dedos.

Con Julia nos miramos. Fanny se paró para subir el volumen de la tele justo cuando empezaron los comerciales. Me sentí mareada de repente. Dejé de escuchar la televisión. Julia me dijo algo que tampoco entendí. Cuando terminamos de jugar, Fanny nos preparó unos sándwiches con mantequilla y queso para el desayuno. Antes de que nos fuéramos, se tomó dos aspirinas. Bajamos la escalera. Julia me preguntó si quería que durmiéramos juntas. Le dije que no. Me acosté y me puse a llorar intentando no hacer mucho ruido. No quería despertar a nadie.

XII

Todos los días nos daban el mismo desayuno: un vaso de leche que tenía sabor a chocolate y una galleta grande de vainilla que estaba húmeda. Los desayunos eran en el gimnasio, que en el invierno estaba cubierto por montañas de aserrín que se iban pegando a la suela de nuestras botas. En la escuela estábamos obligadas a recorrer las calles del centro cuando se conmemoraban las batallas de Chile. La primera vez que mi mamá leyó la comunicación donde anunciaban que tenía que desfilar, me dijo que íbamos a inventar que estaba resfriada. Cuando le expliqué que ya había quedado de ir al lado de María, mi mamá comentó en voz alta que era muy feo andar rindiendo esos honores.

Salimos a las nueve de la mañana. Gastón abrió la reja de par en par. Caminamos por la diagonal, atravesamos la Plaza Perú y llegamos hasta los tribunales. Había mucha gente en las calles. Las escuelas tenían insignias de distintos colores. La nuestra era roja con una letra E bordada con hilo amarillo. Teníamos que usar guantes blancos aunque hacía calor. La profe nos puso gomina en el pelo. Cuando estábamos esperando nuestro turno, miré a los carabineros armados. Estaban sudando y tenían la mirada perdida. Algunos militares andaban con la cara pintada y otros parecía que no pestañeaban. Me daba miedo que estuvieran tan cerca pero me tranquilicé cuando vi a Irina haciéndonos señas desde la vereda. Había muchas personas aplaudiendo y sacando fotografías. También había algunos periodistas que entrevistaban a las autoridades que estaban sentadas en un podio, detrás de las vallas de seguridad. Irina nos siguió y le gritó a María unas frases en ruso, mi amiga enderezó la espalda al escucharla. Cuando íbamos pasando frente a las autoridades se acercaron algunas mujeres que estaban protestando con pancartas. Los carabineros inmediatamente las rodearon. Apenas alcancé a ver algunos golpes y después unos furgones que se las llevaron. Cuando terminó el acto, Irina nos invitó a un helado doble cubierto de chocolate pero no quise comer.

A los pocos días, pasamos por la galería y vimos la manifestación frente a la municipalidad. Las mujeres habían llegado en un bus desde Los Ángeles. Los transeúntes pasaban cerca de ellas sin hacerles caso, aunque gritaban fuerte. Mi mamá se puso tensa al verlas e intentó desviar nuestro camino pero yo ya había visto la fotografía grande de Mónica. La que sostenía el cartel era su mamá, tenía los ojos grandes y el pelo en una trenza que le llegaba hasta el poto. En la fotografía en blanco y negro estaba con su chaqueta con parches en los codos. Su pelo suelto y sus ojos grandes. La fecha de su detención estaba escrita arriba de la fotografía. Cuando Julia se dio cuenta, quedó paralizada y miró a mi mamá como esperando que ella estuviera igual de sorprendida que nosotras pero no fue así; mi mamá tenía un rostro raro, como una sonrisa tiesa. Nos tomó de la mano, caminamos por la galería hasta entrar a la librería, pidió papel roneo y tinta negra. Julia salió corriendo, mi mamá me sujetó del brazo para detenerme. Estaba pálida y pensé que se iba a desmayar. Le pregunté si se quería sentar, no me respondió. Me fue a dejar al departamento sin hablar.

Julia no volvió por unos días. Mi papá trató de explicarme que para ellos había sido muy dura la detención de Mónica y que todavía lo era, y que ella no era la única amiga que tenían desaparecida. Yo escuchaba su voz lejos, como si me estuviera hablando desde el estacionamiento del supermercado. Mi mamá no dijo nada, solo fumaba al lado de él. Esa semana María no fue a la escuela porque estaba con amigdalitis. Hablé con Gastón porque me dolía el pecho y a veces sentía que no podía respirar. No lograba concentrarme en clases. Después me daban dolores fuertes de cabeza acompañados de mareos. Gastón me explicó que los adultos eran personas que tenían debajo de la ropa muchas marcas, como si se hubieran quedado dormidos al sol con un colador y tuvieran pequeños círculos tatuados en sus pieles. Y que algunos de esos círculos ardían mucho, como si fueran quemaduras, y que entonces se necesitaban tapar con crema y ropa hasta que se volvieran invisibles, aunque lograr eso no era fácil —me dijo. Le pregunté si él tenía marcas de colador. Me dijo que muchas. Se levantó la polera y me mostró una cicatriz que atravesaba sus costillas.

—Esta es la más visible y todavía duele mucho, aunque tiene más de diez años. Me la hice en un accidente, no estaba solo —toqué su herida, la piel era muy suave, casi resbalosa.

Me preguntó que dónde sentía la mía. Le dije que me ardían los ojos y el pecho. Me pidió que cerrara los ojos e imaginara que Mónica me venía a ver. Los cerré pero no logré ver nada. Después de unos minutos me preguntó qué películas le gustaban. Me encogí de hombros, no tenía idea, nunca le había preguntado. Gastón me dijo que debía aceptar que ya era un fantasma y que tendría una herida de colador estampada en mi cuerpo.

En la noche no podía dormir. Era como estar viendo una película. Mónica y sus ojos grandes. Mónica y sus salchichas con forma de pulpo. Mónica y sus chicles de frutilla. Mónica y sus piojos. Mónica y sus atajos por el bosque. Mónica y su voz cuando cantaba. Fui a ver a Fanny. Me sentía muy rara, como si mi cuerpo se estuviera durmiendo. Me dio té y unas galletas de limón que había preparado. Me dijo que comer quitaba la pena. Y que la pena era parte importante de la vida, que no había que sentir remordimientos por llorar. Tomé un par de sorbos sin decir nada. Fanny prendió la radio y me preguntó si quería ayudarla a clasificar otras fotos que tenía de Ecuador, que si la ayudaba podría elegir un lugar al que fuéramos juntas después. Negué con la cabeza. Quería bajar al departamento para estar sola. Fanny me dijo que fuera, pero que nunca olvidara que en mi techo estaban sus pies. Antes de salir, me dio las galletas de limón envueltas en una servilleta.

XIII

Nos encontramos con Julia en el paradero del hospital para ir a la reunión. Me abrazó y me compró un chocolate en el kiosco. Mientras lloraba veía personas fumando, otras llamando preocupadas desde el único teléfono público que había a la entrada. En la reunión nos enteramos de dos cosas: que se haría una rifa en beneficio de Laura del tercero C porque se había volado el techo de su casa y que había un señor exhibicionista que se estaba parando al lado del kiosco cuando tocaban el timbre de salida. Para la rifa se necesitaban premios y hacer un cartel. Julia quedó a cargo de diseñarlo y yo de entregarlo en Rectoría para que le sacaran copias. Después tendríamos que ir curso por curso entregando diez copias a cada presidenta que a su vez tendría que organizar la pegada en lugares estratégicos de la escuela. Sobre el señor exhibicionista se estableció que habría una brigada de vigilancia que consistía en que una apoderada llegaría antes a buscar a su hija y se quedaría observando sin levantar sospechas, para comprobar si se masturbaba o no mientras veía a las estudiantes. A la semana de la reunión lo esperaron veinte apoderadas afuera de la escuela, le gritaron y le tiraron cosas. El señor exhibicionista nunca volvió.

XIV

Irina va caminando en un bosque nevado lejos de Puerto Williams. Lleva una escopeta en las manos. Al poco andar, apunta a un animal que estaba detrás de unos árboles. Pienso en el puma. De a poco descubro que es un venado de ojos brillantes que no se ha dado cuenta que lo están apuntando. Irina siente un ruido detrás de ella y se da vuelta rápido para apuntar a un hombre. Ambos se quedan unos segundos con la mirada tensa. Cada uno apunta a los ojos del otro. Luego, bajan las armas y se ríen. Se juntan, se dan un beso en la boca. Van a la casa del hombre donde hay una estufa prendida y toman café. Irina fuma un cigarro que saca desde detrás de su oreja. Él le muestra una carta que tiene un timbre oficial. Ella le saca la carta de las manos, toma su abrigo, sus guantes y su gorro. Y sale a la nieve. Está atardeciendo y se ve humo en el cielo. Al otro día Irina llega a la cabaña, trae en sus manos una olla. Cuando se acerca a la puerta, se da cuenta que está abierta, entra, está todo tirado en el suelo y el hombre está herido. Irina tira la olla de la que caen billetes, busca una caja que hay en un clóset y se da cuenta de que está vacía. Irina le da un beso en la frente al hombre antes de salir. Saca la escopeta, va en busca de un caballo que está en un pequeño establo y atraviesa el bosque nevado. Me acuerdo del bisabuelo. En el camino se encuentra con el ladrón que está atacando a otras personas. El ladrón tiene un gorro grande. Irina lo apunta por la espalda y lo mata. El hombre cae. Parece que Irina lo reconoce. Se acerca a él llorando desconsolada.

Gastón dejó correr todos los créditos. Y puso pausa en el nombre de Irina. Me pidió que le deletreara el apellido; mientras lo escribía en la ficha aseguraba que su actuación era fantástica. A mí me costaba concentrarme.

XV

La única forma de no pensar en todo lo que estaba pasando era mantener la cabeza ocupada. María estaba triste porque su mamá le había dicho que quería volver a Moscú para subirse a un escenario y yo tenía pesadillas casi todas las noches. Fue ahí cuando se nos ocurrió una idea para la rifa.

Irina preparó durante tres semanas su actuación. Adaptó una obra de Chéjov. Pensé que tendríamos que conseguirle un disfraz gigante de gaviota pero ella me aclaró dos cosas: que en el teatro jamás se usaban disfraces sino que se diseñaban vestuarios y que nunca se podía ser literal, que había que distinguir entre cómo se sentía un personaje y cómo se mostraba. Que si uno daba a conocer a un espectador lo mismo que había en el interior, lo estaba menospreciando.

—Y lo aburrimos —aseguró.

La obra tenía trece personajes pero ella solo iba a escoger entre los textos de uno que se llamaba Nina, que además se sabía de memoria porque ya lo había actuado. Le pregunté si iba a repetir lo mismo que había hecho en Moscú; me miró fijo y dijo:

—¡Jamás, Ana! ¡Eso no lo hagas ni en la vida ni arriba de un escenario! ¡Solo si te reencarnas en un loro te lo permito! Los personajes nunca son iguales. Nunca —repitió varias veces.

María la interrumpió porque ya había terminado de acomodar las cosas en el primer piso. Irina aseguró que necesitaba un momento para entrar en Nina, así es que bajamos a esperarla. Nos sentamos en el sillón verde que había en el living. Estábamos riéndonos cuando la escuchamos bajar las escaleras, sus pasos sonaban fuerte en los escalones de madera, como si estuviera borracha o herida. De repente apareció con un vestido blanco y una pañoleta negra que le cubría parte del pelo. Estaba más ojerosa y tenía los labios brillantes. Miraba para los lados como si no supiera dónde estaba, pasaba la mirada por nosotras pero parecía que para ella éramos un par de fantasmas. Con María nos miramos nerviosas. De repente empezó a hablar, muy despacio al comienzo, y poco a poco fue subiendo la voz mientras caminaba mirando todo lo que había en la casa: el comedor, la fotografía de cuando era adolescente, la mesa del teléfono. Miró hacía el techo para decir algo pero parecía que estaba viendo el cielo, se sentó en el suelo pero parecía que estaba en el borde de un lago. María estaba hipnotizada con cada palabra que escuchaba. En un momento sus ojos se llenaron de lágrimas y nosotras nos pusimos a llorar. No entendí porqué me dio tanta pena si no había entendido ninguna palabra porque Irina había actuado todo en ruso. María, que había entendido todo, estaba igual que yo. Cuando terminó, aplaudimos fuerte. Irina se quedó quieta por unos segundos, como si se hubiera congelado y luego hizo tres reverencias. La fuimos a abrazar.

Le pregunté qué había dicho durante la obra.

Se sentó en el sillón y nos preguntó, seria:

—¿Alguna vez han deseado ser otra cosa, otra persona?

Yo me quedé pensando unos segundos, en silencio. Luego, asentí. Y María también lo hizo.

—De eso se trata, eso es lo que siente el personaje, ella se siente como una gaviota que vio muerta un día.

—Irina volvió a llorar y nosotras la abrazamos. Después le pregunté a María en quién había pensado y me dijo susurrando:

—Ilsa de *Casablanca*.

XVI

En vez de ver películas, tuvimos que barrer y trapear el gimnasio. Gastón fue por una escalera para colgar las guirnaldas de colores que habían hecho las del sexto B. Los premios de la rifa eran:

Dos toallas grandes.

Una colonia y un desodorante.

Un set de maquillaje.

Una cola de mono con un pan de Pascua.

Un molde para queque.

4 vasos.

Un tazón del principito.

Un gorro de lana.

Dos chocolates grandes rellenos de crema de cereza.

Cada número costaba diez pesos, y por cada curso se habían vendido cuatrocientos números, diez por cada estudiante. Julia me ayudó a vender cinco entre sus amigos, Fanny me compró dos, Gastón, uno y mis papás, dos.

La señora Carmen ese día se puso un vestido morado. La directora dio un discurso donde citó cosas como si fuera lunes de efemérides. El primer turno fue de un papá del cuarto A que sabía hacer malabarismo y pudo tener ocho naranjas en el aire al mismo tiempo. Aplaudimos mucho. El segundo, fue para las del quinto B que tenían dos guitarras y cantaron la canción del hombre que sueña con serpientes. Eran muy afinadas y también las aplaudimos fuerte. El tercero fue una coreografía que no habían tenido mucho tiempo de ensayar, así es que cuando trataron de hacer una torre humana se cayeron todas como en *Dumbo*, y nos reímos junto con ellas. En el cuarto turno habían varias del curso de arriba con pelucas y decían trabalenguas mientras fingían que tomaban vino. Con María fuimos a buscar a Irina.

Gastón estaba tan emocionado de tener a una actriz en la escuela que le acondicionó la sala del primero B. Le puso un espejo, una mesa y una silla. Sobre la mesa, tres flores en un vaso de vidrio. Cuando nos asomamos a la sala, Irina estaba dándose golpes con sus manos en el pecho y diciendo una «a» constante, con un sonido grave, como la tierra antes de un terremoto. Con María tuvimos que esperar a que abriera los ojos para avisarle que era su turno, Irina se puso pálida y pensé que se iba a desmayar pero solo fue una falsa alarma. Recobró el color de inmediato y habló en ruso, a lo que María respondió:

—Mierda, mierda, mamá.

Una compañera la presentó vestida con un abrigo negro largo:

—Esta noche nos acompaña una actriz que viajó desde muy lejos, una artista que lleva la emoción en la sangre, con ustedes ¡Irina Maiers...!

Aunque lo había ensayado toda la semana no pudo decir el apellido de Irina, Malievskaia.

Empezó en la esquina derecha del gimnasio donde había unas velas prendidas y caminó en diagonal hasta llegar al centro. Iluminó su rostro con una linterna. No se escuchaba su voz pero su mirada era tan fuerte que los papás hacían callar a los niños. Al final, Irina cantó una canción en ruso que se escuchó en todo el gimnasio. Y fue apagando las velas una por una. Acercó la linterna a su cara. Parecía que su rostro crecía, y era como un vampiro. Luego, la apagó y quedó todo a oscuras. Aplaudimos de pie. Los niños corrieron hacia el escenario. Algunos sacaron las velas y otros empezaron a dar vueltas. Irina hizo tres reverencias. Volvimos a aplaudir. Gastón le pidió un autógrafo que colgó en la pared de su sala secreta. No ganamos nada en la rifa. Irina le dio vodka a Julia y yo tuve que abrir la puerta del departamento cuando llegamos. Nuestros papás estaban en la Casa Verde.

Juntamos tanto dinero que no solo sirvió para hacerle un nuevo techo a Laura, la compañera del tercero C, si no que pudimos comprar más leña para la caldera y cambiar los pizarrones que ya estaban tan viejos que la tiza se resbalaba cuando tratábamos de escribir.

XVII

Dorothy dice que quiere volver a su casa, a Kansas, donde sus tíos. El viento llevó su casa a la tierra de las brujas. El mago le dice que solo le concederá el deseo si mata a la bruja más malvada de todas, la que los ha perseguido durante todo el viaje. Todos tiemblan. El león pide ser más valiente, el hombre de lata, tener un corazón y el hombre de paja, un cerebro, pero el mago es feroz y les responde a todos lo mismo:

—Tienen que matar a la bruja antes.

Dorothy llora porque la bruja es invencible. Sus amigos tiemblan.

XVIII

Le pedí a mi mamá acompañarla al paseo que tenía preparado con sus estudiantes. Irían al Cementerio General de Concepción. También le pedí a María que me acompañara pero me dijo que le daba miedo que después un fantasma nos siguiera y termináramos como en una película de terror, corriendo por un pasillo con un cuchillo. Le dije que si los fantasmas te siguen es por algo que necesitan, por ejemplo que los abraces o que les digas que no tengan miedo. No logré convencerla. Nos juntamos afuera del cementerio. En la noche había llovido así es que todavía estaba todo mojado. Los estudiantes tenían la edad de Julia, quince años. Todos tenían ropa de marca y algunos llevaban paraguas por si empezaba a llover. Nosotras nunca andábamos con paraguas porque a mi mamá le gustaba mojarse. Una vez nos quedaron hasta los calzones mojados y nos duchamos con agua caliente para no resfriarnos. Mi mamá les hablaba rápido mientras caminábamos entre las tumbas y contó varios chistes de los que todos se reían. También imitó la voz de un fantasma y de un libertador de la patria que era fanático de tirarse eructos y comer carne cruda. En el suelo había hojas mojadas y varias veces casi nos caímos. Varias de las estudiantes usaban anillos y aros de perla. Mientras hacíamos el recorrido, se sumó al grupo una pareja mayor y tres personas más, que al escuchar a mi mamá, creyeron que trabajaba en el cementerio. Mi mamá nos cerró el ojo y les dijo que efectivamente trabajaba ahí. Después inventó que yo una vez había visto un fantasma y la había llamado muy asustada, que era el fantasma de mi bisabuelo que perseguía ovejas. Yo sonreía a todos porque me miraban como si fuera un oso tierno. Cuando llegamos a una parte del cementerio vi unas tumbas que tenían esas fotografías con los rostros de los detenidos. Mi mamá seguía hablando pero yo escuchaba su voz de lejos. Me dieron ganas de llorar pero me aguanté porque pensé que mi mamá se enojaría mucho conmigo. Cuando volvimos en la micro le dije si podíamos ir al cementerio a ver a Mónica. Mi mamá cambió el tema, me habló de la historia de una de sus estudiantes, que su papá era astrónomo y había descubierto una estrella a la que le quería poner de nombre cochayuyo porque le gustaba mucho esa alga que sale del mar. Mi mamá se rio y me miró, yo estaba con los ojos a punto de explotar. Las lágrimas me hacían ver su rostro como si hubiera mucha neblina, o un vidrio sucio entre nosotras. Me tomó la mano y me dijo:

—Vamos a pasar por un completo para que se te pase la pena.

Yo me puse a llorar.

Ella se fue mirando por la ventana.

XIX

A Mónica no le pude hacer un funeral porque cada vez que lo intentaba en el techo del edificio me empezaba a enojar y terminaba llorando. Un día le conté a Fanny. Y ella compró muchas velas. Eran como veinte y puso una postal de la virgen. Y también unas flores en la mesa del comedor. Invitamos a Julia. Fanny nos prestó dos suéteres negros y nos preguntó si nosotras sabíamos rezar. Nosotras le contamos que no nos gustaban las iglesias. Fanny dijo que entonces podíamos escribirle una carta. Las velas se estaban derritiendo y Julia no paraba de dibujar. Yo le escribí. Los dibujos de Julia eran de Mónica en el bosque, Mónica leyendo en nuestra cama, y Mónica con Vicente. Fanny hizo un ataúd de mentira con un pedazo de cartón al que le pusimos Mónica. Nos tenía preparado un queque de limón y leche con chocolate.

> Mónica,
> Te quiero mucho y te echo de menos. Ahora vivimos en el cuarto piso de un departamento sin balcón. Quiero que encuentren tu cuerpo para que te podamos enterrar aunque Fanny, nuestra vecina que vino de Quito, me dice que será muy difícil. Por eso está haciendo un ataúd chico. Mi mejor amiga es rusa y te caería muy bien, su mamá cocina una sopa de beterraga muy rica. Aunque nada se compara con las salchichas de pulpo. Julia te hizo tres dibujos para que nunca te olvides de nosotras. Me gustaría enterrar el ataúd debajo del nogal pero los papás dicen que no podemos ni rozar el bosque, que es peligroso. Espero que no te haya dolido mucho lo que te hicieron. Gastón tiene una cicatriz grande y le duele todavía, y yo no quiero que tú tengas cicatrices. Si tienes,

te las tienes que curar para que no te molesten al caminar. Te echas crema y después te las cubres. Por favor, si puedes venir a visitarnos sería muy entretenido. Yo no me voy a asustar y Julia tampoco. Podemos leerte. Por favor ven. Te quiero mucho y quiero prepararte un plato grande de comida cuando vengas, así es que ven muy pronto.

Anaconda.

Terminamos la ceremonia comiendo hasta que no pudimos más.

XX

Me pasó las llaves para que cerrara la reja. Fuimos caminando por la calle del hospital y después doblamos en la plaza Ecuador hasta llegar a una diagonal donde había una tienda de videos, que era larga y angosta. En el camino, vendían palomitas y papas fritas. Cuando llegamos a la tienda, Gastón me presentó al dueño, que era además escritor. Recorrí los dos pasillos que tenían VHS hasta el techo. Gastón preguntó por cine ruso. El escritor le mostró varios VHS, Gastón se decidió por dos que ya había visto: *El acorazado Potemkin* y *Los cosacos de Kubán*. Cuando íbamos caminando de regreso, le dije que quería leer a su amigo. Él se rio y me dijo: cuando cumplas 18, lo podrás leer. Le pregunté si era un escritor pornográfico, Gastón se rio tanto que le salieron lagrimas. No, me dijo, escribe filosofía. Le pregunté si podíamos ir a comer un completo. Él me preguntó si tenía plata para invitarlo, le sonreí y seguimos caminando hasta llegar de vuelta a la escuela.

Escuché a mis papás discutiendo sobre el auto, me acerqué a la pieza pensando en que me iban a oír y se iban a quedar callados pero no, mi papá le decía a mi mamá que era muy peligroso que se fuera a repartir los volantes sola y mi mamá le discutía que ella había hecho cosas mucho más difíciles y que se acordara de cómo había logrado salir cuando llegaron los milicos a la fábrica. Si me hubieran querido matar, ya estaría muerta, la escuché decir. De repente los dos se dieron cuenta que yo estaba en el umbral de la puerta de su pieza, mirándolos, con mis manos sosteniendo los tirantes de mi mochila. Mi papá se acercó.

—¿Qué pasó?

—Gastón se enfermó —dije rápido como si tuviera que tener una muy buena excusa para estar en ese umbral.

—¿Quién te trajo? —preguntó mi mamá seria.

—La señora Carmen.

—¿Quién? —preguntó mi papá.

—La enfermera de la escuela—aclaré.

—¿Almorzaste?

—No.

—Te preparo un sándwich —dijo mi papá y se fue a la cocina.

Me comí el sándwich de tomate con huevo en el comedor mientras escuchaba que mis papás intentaban discutir en voz baja. Finalmente mi mamá salió con su cartera de la pieza. Se acercó a mi cara y me dijo:

—Voy a tener que salir unos días, chica. Y no te preocupes por nada, ya sabes que tu papá a veces se preocupa de más.

Me dio un beso en la frente y salió. Se llevó el auto. Mi papá no salió de la pieza hasta el otro día.

XXI

Había que organizar las votaciones. También ayudar en la inscripción electoral porque el águila había borrado todos los registros. A la organización se fueron sumando vecinos y algunas apoderadas de la escuela. Los militares obligaban a todos a mostrar su carnet de identidad y a inscribirse en un registro de los que, aseguraban, serían dueños. Todo eso me lo explicaba Fanny, que los apoyaba haciendo comida para las reuniones. En la Casa Verde se acumulaba propaganda que tenía un arcoíris sobre la palabra NO, para que el águila no fuera elegido después de haber estado por más de quince años en el poder.

Gastón me pidió varias calcomanías para regalárselas a la señora Carmen, que cada día estaba más nerviosa y no despegaba su oído de la radio aunque tuviera que atender algún caso grave, como la niña del segundo A que se intoxicó con una empanada de mariscos que había llevado de colación. La escuela se iba a usar como sede de votación así es que no tendríamos clases por cuatro días. Gastón empezó a limpiar semanas antes, me dijo que si limpiábamos bien le traeríamos suerte al plebiscito, así es que lo ayudé en todo lo que pude: barrer, limpiar vidrios y pasar paños sobre los muebles que tenían una gran capa de polvo. Dejamos de ver películas porque ya no teníamos tiempo. Como mi mamá ya no podía irme a buscar me quedaba hasta más tarde y Gastón me dejaba en el paradero. Julia se iba con sus amigos a repartir volantes y Fanny me esperaba algunos días con comida caliente.

La noche antes del plebiscito mis papás nos llamaron a su pieza que estaba muy desordenada. Ropa y papeles por todas partes. Más que una pieza parecía una bodega. Con Julia dejamos cosas en el piso para sentarnos sobre la cama. Mi mamá sonreía, recuerdo esa sonrisa que le cubría toda la cara. Empezó a hablar:

—Mañana con el papá vamos a estar en la Casa Verde porque ahí iremos recibiendo el conteo de votos que hagan todas las personas que estén cuidando la votación para que no haya fraude. Les queremos pedir que estén con Fanny y que si algo llega a salir mal, estén siempre con ella. Nunca se separen, por nada del mundo. Lo que les pida, ustedes tienen que obedecerle sin preguntar — con Julia asentimos, obedientes.

Después fueron a nuestra pieza. Y se quedaron con nosotras. Se sentaron en nuestras camas. Estaba la luz apagada y bromeamos un rato. Nos acordamos de los enanos del bosque. Antes de irse, nos hicieron un poco de cariño y nos dieron un beso en la frente. Cuando despertamos al otro día, ya no estaban. Fanny nos trató de preparar panqueques, pero estaba tan nerviosa que se quemó dos veces con el sartén, así es que mejor le dijimos que ese día nosotras íbamos a cocinar. A mí me dio hipo y tres ataques de risa nerviosa. Fanny tenía la radio prendida a todo volumen.

Por suerte, al mediodía aparecieron Irina y María. Llegaron con una olla grande de guiso de carne. Les mostré con orgullo mi pieza llena de calcomanías y después subimos al departamento de Fanny. Estaba nerviosa y no podía parar de hablar. María me hacía callar de vez en cuando, pero yo no le hacía caso, le mostraba todo lo de la casa y le iba contando diferentes historias, y algunos chistes sin sentido. Irina se emborrachó temprano así es que tuvo que dormitar en un sillón por un rato. Llegaron al departamento un par de amigas de Julia, y después tocaron la puerta tres vecinos que estaban más nerviosos que todas nosotras juntas. Creo que ha sido el día que más he comido en mi vida, porque cada vecino trajo un aporte, empanadas, queque y sándwich de pollo. Todos terminamos hablando con la boca llena. Ninguna conversación se podía seguir. Después vino un silencio sepulcral. Los vecinos se fueron porque les empezó a dar miedo que algo malo hubiera pasado. Nadie decía nada del resultado de la votación, aunque había rumores que el águila había sido vencida. Lo volví a sentir instalado en todas partes, en el comedor, en el techo, en los focos, arriba de los árboles, en las ventanas. Hasta que de repente sonó el teléfono. Fanny no tuvo que correr para contestarlo porque llevaba más de una hora al lado de él. Cuando escuchó, se puso a llorar y colgó. Nosotras también nos pusimos a llorar porque nos imaginamos que había pasado algo malo, pero de repente escuchamos a Fanny que gritaba: ¡Ganamos! ¡Ganamos! ¡Ganamos! Nos abrazamos. Nuestros papás no volvieron esa noche. Nos quedamos dormidas las tres en el sillón.

Al otro día salimos a la calle, apenas se podía caminar por la cantidad de autos que andaban rondando. Nos encontramos con los papás en una esquina. Nos abrazamos como si lleváramos años perdidos en un bosque. Fanny llevaba una cámara de fotos y no paraba de enfocar distintas cosas: un grupo de niños que gritaba, Ernesto que estaba con los ojos llenos de lágrimas, mi mamá que no paraba de fumar, las banderas rojas, el señor que repartía sándwiches de huevo para todos, las botellas de champaña. Se escuchaban bocinas y gritos de personas que sacaban sus cuerpos desde las ventanas de sus autos. Caminamos hasta la Plaza de Armas. Empezaron a pasar de mano en mano las botellas de champaña, incluidas las nuestras. Me empecé a marear. Era rico, mucho mejor que dar vueltas en la silla de la peluquería o en el columpio del bosque. Fanny le pasó la cámara a un señor para que nos sacara una foto. Nos juntamos todos. La luz del flash nos encandiló. Cerramos los ojos al mismo tiempo.

Julia no volvió a la casa esa noche, se fue a seguir celebrando con Ernesto. Nosotros con mis papás sí, estábamos todos un poco borrachos. Yo casi no podía creer que esa felicidad existía, pero era cierto, habíamos logrado vencer al águila. Me desperté con mucha sed en la madrugada. Me paré al baño para tomar agua. Me acerqué a la puerta. Encontré a mi mamá sentada en el suelo de baldosas blancas, llorando. Cuando la abracé no hizo nada, era como si no tuviera fuerzas para levantar los brazos ni apoyar su cabeza en mi cuerpo. No paró de llorar.

De repente se acurrucó, como un chanchito de tierra.

XXII

Llegamos a las nueve de la mañana a la mina de carbón de Lota que está debajo del mar. Era un día soleado. Caminamos hacia una construcción que me recordó a los galpones que había en la Escuela Agrícola, solo que éstos, parecían un poco más grandes y viejos. Nos recibió un señor que tenía botas plásticas. María me dijo al oído:

—Atenta con los fantasmas.

Yo le di un codazo para que se callara. Ella me miró con misterio.

Nos guiaron hasta un gran ascensor que bajaba hasta el Chiflón del Diablo. En la cabeza teníamos unos cascos de seguridad que nos quedaban grandes. Cada casco tenía una linterna. En una jaula había un pájaro encerrado que se movía de un lado para otro. Un exminero nos explicó que ese pájaro los salvaba de la muerte. Con María nos acercamos a mirarlo. Encandilamos al pájaro que se empezó a mover nervioso por la jaula. El ascensor era enorme. En vez de puerta metálica, tenía rejas. Nos explicaron que la mina estaba bajo el nivel del mar y que íbamos a caminar por los túneles que nos podrían llevar al centro de la tierra. El ascensor hacía mucho ruido. Los túneles estaban sostenidos con vigas grandes de madera. El señor nos pidió que apagáramos la luz de nuestros cascos. No me podía ver la mano aunque la tenía frente a la cara. María me tomó el brazo. Me asusté y grité. Todas mis compañeras se unieron. El señor nos pidió con voz amable que sintiéramos el mar que estaba justo arriba de nosotras. Nos callamos. No oía nada pero sentí que estaba debajo de mucha agua salada y que si alguien hacía un hoyo al techo del túnel, quedaríamos atrapadas para siempre. Me costaba un poco respirar pero disimulé. Me acordé de lo que me había dicho María, que los fantasmas de los mineros muertos nos iban a estar rondando. La mina era inglesa. Y los dueños tenían un parque gigante que incluía un bosque, un jardín de flores, tres fuentes de agua, un invernadero hecho con vitrales y un castillo.

—Este fue el primer lugar con electricidad y teléfono de todo el país —dijo un exminero con orgullo.

Cuando mi mamá llegó a buscarme le conté todo lo que vi. Ella agregó datos como si hubiera vivido en el castillo. Me contó que los mineros tomaban licor para soportar las extenuantes jornadas de trabajo, pero que para que los ingleses no se enteraran decían que iban a tomar la once, aludiendo a las once letras que tiene la palabra aguardiente. Le pregunté si había visto alguna vez un fantasma y ella me contestó:

—Claro que sí, hasta he hablado con ellos.

—¿De verdad?

—Por supuesto.

—¿Has hablado con el fantasma de Mónica?

Mi mamá no me contestó y siguió caminando, como si no hubiera escuchado mi pregunta. Cuando la volví a mirar sentí que no estábamos en el mismo lugar.

—Tengo hambre —le dije aunque en realidad no era hambre lo que sentía.

—¿Vamos por un completo al mercado?

—Claro, mamá. Vamos.

—¿Vas a querer una leche con plátano?

—No sé.

—Bueno, ya podrás elegir con tranquilidad cuando lleguemos.

—Sí.

Y seguimos caminando las dos en silencio.

Agradecimientos

César Tejeda, Los vecinos del ritmo: Nadia, Juan-Fran y Esthel, Elvira Liceaga, Paula Mónaco Felipe, Cristóbal León, Joaquín Cociña, Alejandro Zambra, Sylvia Aguilar, Carlos Cociña, María José Ramirez, Abril Castillo, María Cerdá, Katia Castañeda, Antonia Lobos, Cristóbal Rivas, Cristina Gomez, Javiera Delaunoy, Ana Corbalán, Catalina Vergara, María Paz González, Niles Atallah, Javier Norambuena, Lauri Dueñas, Daniela Rea, Andrea Giadach, Grupo AA: Autografos Anónimos.

Esta edición, primera, de
MAMBO, de Alejandra Moffat,
se terminó de imprimir en el
mes de febrero de 2025.